GONÇALO M. TAVARES

Panowie z dzielnicy

Z portugalskiego przełożył
Michał Lipszyc

Rysunki
Rachel Caiano

Świat Książki

Tytuły oryginałów
SENHOR VALÉRY
SENHOR HENRI
SENHOR BRECHT
SENHOR JUARROZ
SENHOR KRAUS
SENHOR CALVINO

Projekt graficzny serii
Anna Kłos

Zdjęcie na okładce
Corbis

Redaktor serii
Paweł Lipszyc

Redakcja merytoryczna
Anna Ryder

Redakcja techniczna
Julita Czachorowska

Korekta
Jolanta Rososińska
Jadwiga Fafara

Świat Książki
Warszawa 2007
Bertelsmann Media sp. z o.o.
ul. Rosoła 10, 02-786 Warszawa

Skład i łamanie
Piotr Trzebiecki

Druk i oprawa
GGP Media GmbH, Pössneck

ISBN 978-83-247-0401-9
Nr 5689

Panowie z dzielnicy

PAN VALÉRY

Spis treści

Przyjaciele

Pan Valéry był malutki, ale często skakał do góry.
Wyjaśnił:

— Jestem taki sam jak wszyscy wysocy ludzie, tyle że przez krótszy czas.

To jednak było dla niego pewnym problemem.

Wkrótce panu Valéry'emu przyszło do głowy, że gdyby wysocy ludzie skakali do góry, nigdy by im w pionie nie dorównał. I ta myśl trochę go zniechęciła. Jednak to przede wszystkim zmęczenie sprawiło, że pewnego dnia pan Valéry zaniechał podskakiwania. Definitywnie.

Kilka dni później wyszedł na ulicę ze stołkiem.
Wdrapał się na niego i tak stał nieruchomo w górze, patrząc.

— W ten sposób dorównuję wysokim ludziom przez długi czas. Tyle że jestem nieruchomy.

Był jednak w rozterce.

— To tak, jakby wysocy ludzie stali na stołkach, a mimo to potrafili się przemieszczać — mruknął z zazdrością pan Valéry, kiedy wracał rozczarowany do domu ze stołkiem pod pachą.

Pan Valéry poczynił wówczas rozmaite obliczenia i rysunki. Najpierw pomyślał o stołku na kółkach i go narysował:

Następnie pomyślał o zamrożeniu skoku. Tak jakby można było zawiesić siłę ciążenia, tylko na godzinę (nie prosił o więcej), podczas jego wędrówki po mieście.

I pan Valéry narysował swoje marzenie, marzenie tak zwyczajne:

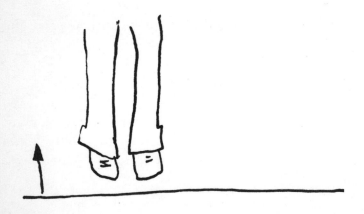

Jednak żaden z tych pomysłów nie był wygodny ani możliwy, więc ostatecznie pan Valéry postanowił być wysoki głową.

Kiedy teraz mijał na ulicy innych ludzi, koncentrował swój umysł i spoglądał na nich tak, jakby znajdował się dwadzieścia centymetrów wyżej. Dzięki koncentracji pan Valéry mógł nawet dojrzeć czubek głowy osób, które znacznie przewyższały go wzrostem.

Pan Valéry nigdy więcej nie rozważał hipotez ze stołkiem i ze skokami, które teraz, postrzegane z pewnej perspektywy, wydawały mu się śmieszne. Koncentrując się jednak na tym sposobie patrzenia – jakby z góry – miał trudności z zapamiętywaniem twarzy mijanych osób.

W gruncie rzeczy pan Valéry z racji swojego wzrostu stracił przyjaciół.

Zwierzę domowe

Pan Valéry miał zwierzę domowe, ale nikt go nigdy nie widział.

Trzymał je w pudełku i nigdy nie wyprowadzał na dwór. Wrzucał mu jedzenie przez dziurkę w górnej części pudełka, a odchody usuwał przez dziurkę w jego dolnej części.

Pan Valéry wyjaśnił:

– Lepiej nie wiązać się uczuciowo ze zwierzętami domowymi, one często umierają, a wtedy człowiekowi jest smutno.

I pan Valéry narysował pudełko z dwiema dziurkami – jedną w części górnej, drugą w części dolnej:

I spytał:

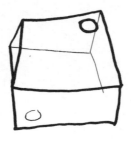

– Czy można związać się uczuciowo z pudełkiem?

I pan Valéry, bez cienia niepokoju w sercu, nadal ogromnie się cieszył domowym zwierzęciem, które sobie wybrał.

Kapelusz

Pan Valéry był roztargniony. Nie mylił kobiety z kapeluszem, jak to się niektórym zdarza, mylił jednak kapelusz ze
swoimi włosami.

Sądził, że zawsze ma na głowie kapelusz, ale czasem by-
wało inaczej.

Kiedy mijał kobietę, miał w zwyczaju, przez uprzejmość, unosić lekko włosy nad czołem, sądząc, że unosi kapelusz. Panie śmiały się w duchu z jego nieuwagi, ale były
wdzięczne za uprzejmy gest.

Chcąc uniknąć śmieszności, pan Valéry zaczął przed
wyjściem z domu wciskać sobie mocno melonik na głowę,
by mieć pewność, że go nosi.

Wykonał nawet rysunek swojego kapelusza i swojej głowy od tyłu:

a także od przodu:

Pan Valéry tak mocno wciskał sobie kapelusz na głowę, że miał teraz duże trudności z jego zdejmowaniem.

Kiedy jakaś pani mijała na ulicy pana Valéry'ego, próbował dwiema rękami unieść trochę kapelusz, ale nie udawało mu się.

Panie, idąc w swoją stronę, widziały kątem oka, jak pan Valéry, pocąc się i czerwieniejąc z irytacji, ciągnie obiema rękami kapelusz do góry, tak jak to się robi ze zbyt mocno wbitym w butelkę korkiem. Ponieważ panie nie mogły się doczekać końca zabiegów pana Valéry'ego, trwających niekiedy bardzo długo, oddalały się, zanim następowała pointa.

Dlatego niektórzy uznawali pana Valéry'ego za osobę źle wychowaną, co było bardzo niesprawiedliwe.

Dwie strony

Pan Valéry był perfekcjonistą. Rzeczy, które znajdowały się po jego lewej stronie, dotykał tylko lewą ręką, a te, które znajdowały się po jego prawej stronie, dotykał tylko prawą ręką.

Mówił:

– Świat ma dwie strony: prawą i lewą, tak samo jak ciało; błąd następuje wtedy, gdy ktoś dotyka prawej strony świata lewą stroną ciała lub vice versa.

Trzymając się konsekwentnie swojej teorii, pan Valéry wyjaśnił:

– Podzieliłem mój dom na dwie części za pomocą linii prostej.

I narysował:

— Zdefiniowałem prawą stronę i lewą stronę:

lewa strona | **prawa strona**

— Tym sposobem dla przedmiotów leżących po prawej stronie rezerwuję prawą rękę i vice versa.

W tym momencie jeden z jego znajomych wyraził pewną wątpliwość. Pan Valéry wyjaśnił:

— Przedmioty, które są bardzo ciężkie, umieszczam na samej linii, tak by przebiegała dokładnie przez ich środek.
I narysował:

– Dzięki temu – dodał pan Valéry – mogę je przenosić za pomocą zarówno lewej, jak i prawej ręki, pilnując, aby ich środek przemieszczał się zawsze wzdłuż linii podziału. W przypadku lekkich przedmiotów nie muszę aż tak bardzo uważać: zmieniam ich położenie tylko jedną ręką. Tą właściwą, rzecz jasna.

– Ale jak utrzymać ten rygor we wszystkich sytuacjach? – spytał go ten sam znajomy. – Na przykład skąd pan wie, panie Valéry, gdzie jest prawa, a gdzie lewa strona domu, kiedy jest pan odwrócony do tyłu?

Pan Valéry poczuł się niemal obrażony tym pytaniem, bo nie lubił, jak dotykano jego prywatnej osoby, i odpowiedział gwałtownie:

– Nigdy nie odwracam się tyłem do rzeczy.

(Tak pan Valéry powiedział, ale w rzeczywistości, żeby nigdy się nie pomylić, pomalował całą prawą stronę domu, łącznie ze znajdującymi się tam przedmiotami, na czerwono, a całą lewą stronę na niebiesko. Oto prawdziwy powód, dlaczego pan Valéry miał prawą rękę pomalowaną na czerwono, a lewą na niebiesko. Nie był to, wbrew temu, co twierdził, zabieg estetyczny. To było coś znacznie więcej).

Kichnięcie

Pan Valéry bał się deszczu.

Przez lata doskonalił w sobie umiejętność błyskawicznego uchylania się przed wodą lecącą z nieba. Stał się w tej kwestii specjalistą.

– Tak właśnie uciekam przed deszczem – mówił.

I pokazywał rysunek, na którym on sam występował pod postacią strzałki:

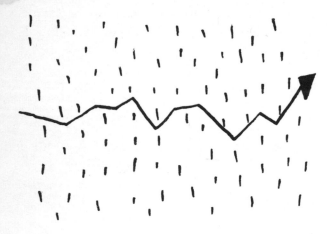

– Tam na końcu – oznajmiał z dumą pan Valéry – jestem ja, suchy i bez parasola. Nie cierpię brzydkich przedmiotów – dodawał.

Jednak pewnego dnia los zrządził, że kobieta, która myła chodnik, wylała na ziemię wiadro pełne wody właśnie w chwili, kiedy przechodził pan Valéry.

Pan Valéry, kompletnie przemoczony, wyjaśnił:

– Kiedy to się stało, patrzyłem w niebo.

I dodał jeszcze:

– Kiedy pion łączy się z poziomem, zawsze zostaje uchwycony pewien punkt.

I narysował:

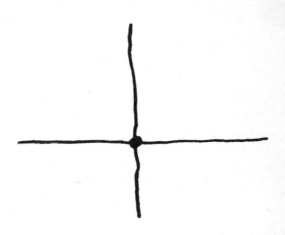

– Tym punktem – mruknął pan Valéry, któremu woda skapywała jeszcze z włosów – tym punktem byłem ja.
– Przeznaczenie – powiedział na koniec pan Valéry – oto czego nie znam.

I zakończył głośnym kichnięciem.

Buty

Pan Valéry chodził po ulicy w czarnym bucie na prawej nodze i białym na lewej.

Pewnego dnia zwrócono mu uwagę:

– Zamienił pan buty.

I śmiano się z niego.

Wtedy pan Valéry spojrzał na swoje nogi, klepnął się w czoło i krzyknął:

– Co za nonsens!

Wrócił do domu, zamienił buty, po czym znów wyszedł na ulicę, tym razem w czarnym bucie na lewej nodze i białym na prawej.

Kiedy powiedziano mu, z jeszcze większym rozbawieniem: „Znowu zamienił pan buty!", pan Valéry zdenerwował się.

Pomny jednak zasad logiki, których się nauczył, zacisnął zęby i, kontynuując przechadzkę, powiedział z naciskiem do samego siebie:

– Nie. Teraz są takie, jak należy.

I wyjaśnił samemu sobie:

– Wydaje się to paradoksem, ale tak właśnie jest: jeżeli są zamienione, to należy je zamienić ponownie, aby były takie, jak należy.

I narysował:

A potem:

– Jedna z tych dwóch sytuacji musi być poprawna, żeby druga była błędna, zważywszy na to, że są to sytuacje odwrotne. A jeśli ludzie mówią, że obie są błędne, to dlatego, że obie są poprawne.

Doszedłszy do tego wniosku, pan Valéry już nigdy więcej nie przejmował się, że ma czarny but na prawej lub na lewej nodze. Zawsze jest poprawnie – myślał.

Domek wczasowy

Pan Valéry miał dom bez wnętrza, w którym to domu spędzał wczasy. Istniały tylko drzwi i fasada.

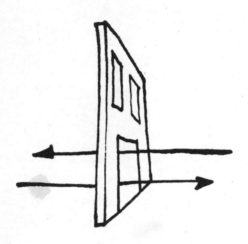

– Można wchodzić i wychodzić w dwóch kierunkach – mówił pan Valéry, bardzo zadowolony.

Lubił swój domek wczasowy.

Jeszcze lepszy byłby domek o czterech wejściach, na planie kwadratu, bez żadnej ściany.

Środek byłby jedynym miejscem, w którym można by siedzieć.

Pan Valéry zrobił rysunek:

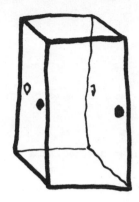

Nazwał to domkiem o czterech połączonych wejściach.

– Wchodzi się z dowolnej strony i zawsze jest tak samo.
Oto domek wczasowy, jaki chciałbym mieć – mówił pan
Valéry.

– Uniknę gubienia się w pomieszczeniach – uzasad-
niał. – Będą tylko wejścia. Bo odpoczywać mogę jedynie
wtedy, gdy nie muszę o niczym decydować, ale żeby to było
możliwe, nie mogą istnieć żadne opcje. Wydaje mi się to lo-
giczne.

– Ten domek to moje marzenie – szepnął pan Valéry. –
To byłyby wczasy doskonałe.

Sześcian

Pan Valéry drzemał zawsze na stojąco, żeby nie zasnąć. Wyjaśniał:

– Wieża istnieje po to, żeby wszystko widzieć. – I dodawał: – Wieże poziome nie istnieją.

Mimo to pan Valéry, sprowokowany, postanowił narysować leżącą wieżę.

I wyjaśnił:

– Jeżeli wieża będzie sześcianem, z góry zobaczymy to samo, czy będzie w pionie, czy w poziomie.

Po czym narysował wieżę w formie sześcianu w poziomie.

A potem w pionie.

— Widzicie? Są takie same.

I pan Valéry, tonem głębokim i filozoficznym, podsumował:

— Gdyby wszystkie rzeczy były sześcianami, nie powstawałoby tyle sporów. I nie byłoby wątpliwości.

Po chwili milczenia dodał jeszcze:

— Nie przypadkiem śpię zawsze na stojąco.

Małżeństwo

Pan Valéry był żonaty z dwuznaczną istotą – jak sam to
określał.

Kiedy potrzebował czegoś, co możemy nazwać X, istota
była X, a kiedy potrzebował czegoś, co możemy nazwać Y,
istota była Y.

Małżeństwo funkcjonowało, ponieważ pan Valéry miewał tylko dwie chęci.

Wyjaśnił:

– Istota, z którą się ożeniłem, wygląda tak (i narysował):

Gdyby wyglądała tylko tak:

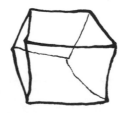

męczyłaby mnie.

A gdyby wyglądała tak:

nudziłaby mnie.

– Na szczęście – skonstatował pan Valéry – istnieją sześciany i kule niedoskonałe.

I, posługując się nietypową dla siebie grą słów, podsumował ironicznie:

– I właśnie to jest dla mnie doskonałe.

Jednak nikt nigdy nie widział, żeby panu Valéry'emu ktoś towarzyszył.

Podróż na piechotę

Pan Valéry zawsze chodził piechotą. Szedł bardzo szybko, stawiając malutkie kroczki. (Przypominał pod tym względem pana Sommera, swojego sąsiada).

Pewnego dnia musiał udać się w miejsce leżące poza miastem.

Na piechotę zajęłoby mu to dziesięć godzin. Pociągiem jedynie dwadzieścia minut.

Po długim namyśle pan Valéry postanowił iść piechotą. I wyjaśnił:

– Kto mi zagwarantuje, że miejsce, do którego docieram po dziesięciu godzinach, jest tym samym co miejsce, do którego docieram w dwadzieścia minut?

I, nabierając przekonania, stwierdził:

– Jest oczywiste, że to nie to samo miejsce.

Po czym pan Valéry narysował dwie strzałki o bardzo różnej długości:

I krzyknął:

– Tylko wariat mógłby powiedzieć, że końcowe punkty tych dwóch strzałek są jednym i tym samym!

Odzyskując równowagę, pan Valéry ciągnął dalej:

– Nawet gdybym pojechał pociągiem i poczekał nieruchomo w punkcie docelowym dziewięć godzin i czterdzieści minut, nie będzie to ten sam punkt docelowy, do którego dotarłbym, idąc dziesięć godzin piechotą, jako że znajdowałbym się w tym miejscu – choćby nieruchomo – dziewięć godzin i czterdzieści minut, zmieniając je.

Następnie wyruszył w drogę, albowiem decyzja została już podjęta.

Po dwudziestu minutach marszu spojrzał na zegarek i, nieco zakłopotany, pomyślał:

Dokładnie w tym momencie powinienem znaleźć się w moim punkcie docelowym.

Rozejrzał się dookoła i powiedział:

– Ale to jeszcze nie jest mój punkt docelowy.

I ruszył dalej.

Po jakimś czasie oznajmił samemu sobie z satysfakcją:

– Jeszcze nie dotarłem do celu, ale moim celem jest inne miejsce.

I pan Valéry, którego dzieliło od miejsca docelowego jeszcze jakieś dziewięć godzin marszu, szedł dalej, radosny i zadowolony ze swojego rozumowania, noga za nogą, ciągle w tym samym rytmie, zmierzając w upragnionym kierunku.

— Mnie nikt nie nabierze — mruknął pan Valéry, mocno już spocony.

Problem handlowy

Pan Valéry jednego dnia trudnił się zawodowo kupowaniem, a drugiego sprzedawaniem.

– Sprzedaję to, co kupiłem poprzedniego dnia – oznajmił pan Valéry – a następnego dnia kupuję coś za pieniądze, które zyskałem dzień wcześniej ze sprzedaży. I tak wiążę koniec z końcem – podsumował.

Po czym wyjaśnił:

– Istnieje górna część i dolna część i jedna żywi drugą.

I pan Valéry, ponieważ bardzo lubił rysować, naszkicował:

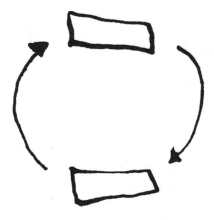

– I właśnie dlatego, że jedna część żywi drugą, obieg może funkcjonować – dodał, wykonując drugi rysunek:

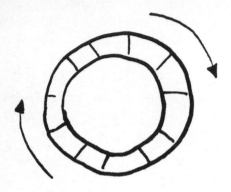

Następnie zrobił jeszcze jeden rysunek:

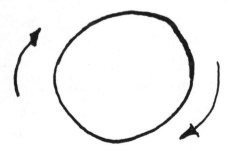

– Kiedy jeden dzień następuje po drugim, wszystko jest w porządku. Problem z tym handlem – szepnął pan Valéry, jakby nie chcąc, żeby go ktoś usłyszał. Pewnego dnia bowiem mogę umrzeć. To mnie gnębi.

Lenistwo

Pan Valéry był przekonany, że go śledzą.

– Ktoś za mną chodzi – powtarzał.

Był również przekonany, że sam kogoś śledzi.

Wyjaśnił:

– Wszystko, co istnieje za moim karkiem, śledzi mnie, gdy idę.

I zrobił rysunek:

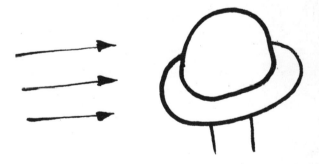

– Natomiast wszystko, co istnieje przed moimi oczyma, jest śledzone przeze mnie, gdy idę.

I zrobił drugi rysunek:

– Właśnie dlatego – zakończył pan Valéry – zawsze wo-
lałem lenistwo.

Filiżanka kawy

Pan Valéry bardzo lubił kawę. Praca i picie kawy były dla niego jednym i tym samym. Jego praca od pewnego momentu polegała właśnie na piciu kawy.

Zwykł mawiać:

– Bez kawy nie potrafię pracować.

A ludzie, słysząc to, sądzili, że musi przyjmować tę substancję, żeby robić coś innego.

Było jednak inaczej.

Pan Valéry wyjaśnił:

– Ciało działa tym dokładniej, im mniej wykonuje czynności.

I jeszcze dokładniej precyzował swoją myśl za pomocą teorii filozoficznych, którymi się tak szczycił:

– Przyczyna warta jest mniej niż skutck, a skutek wart jest mniej niż zdarzenie bez przyczyny.

Dlatego zawsze działał, nie myśląc o skutkach. Działał, ponieważ lubił swoje działanie. I to mu wystarczyło.

Pan Valéry postanowił narysować filiżankę kawy, żeby dowieść swojej teorii.

Skończywszy rysunek, powiedział do siebie:

– Są dni, kiedy w ogóle siebie nie rozumiem.

I ponieważ pan Valéry poczuł się zbity z tropu, postanowił wypić kolejną kawę.

Oto sposób na rozwiązywanie problemów – pomyślał.

Lustro

Pan Valéry nie był piękny. Ale nie był też brzydki.

Już dawno temu postanowił zamienić lustra na obrazy z pejzażami, więc nie miał pojęcia o swoim aktualnym wyglądzie.

Pan Valéry mówił:

– Tak jest lepiej.

I wyjaśniał:

– Gdybym oglądał siebie pięknego, bałbym się, że utracę moje piękno, gdybym zaś oglądał siebie brzydkiego, znienawidziłbym rzeczy piękne. A tak nie czuję ani strachu, ani nienawiści.

I pan Valéry, nie będąc ani pięknym, ani brzydkim, przemierzał ulice miasta, przyglądając się uważnie mijającym go osobom.

Wyjaśnił:

– Kiedy się do mnie uśmiechają, to wiem, że jestem piękny, a kiedy odwracają oczy, wiem, że jestem brzydki.

Teoretyzując, dodał jeszcze:

– Moja uroda jest aktualizowana nieustannie przez twarze innych ludzi.

Czasami, po minięciu osoby, która odwróciła oczy, pan Valéry przeczesywał ze zrozumieniem włosy, szukając jednocześnie w samym sobie nowego oblicza, teraz już milszego dla oka.

Pan Valéry skomentował tonem konkluzji:

– Lustro jest dla egoistów.

– A portret? – spytano go.

– Dzisiaj już nie ma portretów – odparł i nagle pożegnał się z wszystkimi gestem gwałtownym, choć uprzejmym.

Ludzie lubili pana Valéry'ego.

Klucz od domu

Po wyjściu z gmachu sądu, gdzie przedstawiono sprzeczne wersje pewnego zdarzenia, pan Valéry powiedział:

– Jedynym sposobem na to, aby prawda przetrwała, jest jej zwielokrotnienie. W sytuacji, kiedy prawda jest jedna jedyna, a kłamstwo może występować w bilionach pozostałych wersji, odkrycie prawdy jest niemal niemożliwe; to przypadek graniczący z cudem, natomiast kłamstwo wręcz przeciwnie, ono pojawia się zawsze i wszędzie.

I, chcąc wyjaśnić swoją myśl, pan Valéry zrobił rysunek:

– Chodzi o to, że powinno być tyle samo prawd co kłamstw – rzekł pan Valéry. I narysował:

– ...lub też... – pan Valéry nie potrafił się powstrzymać od ironicznego uśmiechu, kiedy rysował:

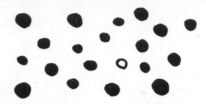

– ...lub też... – podsumował – musi być tylko jedna wersja kłamstwa.

Pan Valéry wracał z posiedzenia sądu bardzo zadowolony z wniosków, do których tam doszedł, i dopiero w chwili, gdy się zorientował, że klucze nie pasują do zamka, zrozumiał, iż stoi przed niewłaściwym domem.

– Otóż to – mruknął pan Valéry – gdyby wszystkie te domy były moje, z wyjątkiem jednego, prawdopodobnie nie pomyliłbym się. Wówczas byłoby wręcz wielkim pechem pomylić się.

Myśląc o tym, pan Valéry po raz kolejny, bezwiednie, stanął przed drzwiami niewłaściwego domu.

– Gdybym przynajmniej był bogaty – zauważył – nie zajmowałbym się kwestią kłamstwa.

I pan Valéry tak się zaczął mocować z kluczem włożonym w niewłaściwy zamek, że w końcu klucz się złamał, co go bardzo zirytowało.

Na szczęście zawsze miał przy sobie zapasowy klucz. I żeby tym razem nie doznać porażki, skoncentrował się całkowicie na swojej pracy, przerywając chwilowo rozmyślania.

No i tym razem drzwi się otworzyły.

Sztuczka

Pan Valéry ubierał się zawsze na czarno. Wyjaśnił:

– Widząc mnie ubranego na czarno, ludzie sądzą, że jestem w żałobie, i przez współczucie oszczędzają mi dodatkowego cierpienia.

Powiedział jeszcze:

– Nie można bardzo cierpieć w sposób podwójny. Jest to zresztą jedyny powód, dla którego w pewne dni udaje mi się być szczęśliwym: myli ich mój żałobny strój. A poczucie, że nabrało się tych najsilniejszych, zawsze jest przyjemne – dodał z dumą pan Valéry, chociaż jak zwykle nie bardzo było wiadomo, do kogo się odnosi.

Jednak pan Valéry ciągnął dalej:

– To jest jak reakcja chemiczna.

I narysował:

– Jeżeli po jednej stronie wszystko jest ciemne, a po drugiej jasne, ciemna strona ma tendencję do przekazywania ciemności stronie jasnej, a strona jasna ma tendencję do przekazywania jasności stronie ciemnej. Po jakimś czasie zapanuje równowaga.

To rzekłszy, pan Valéry zrobił drugi rysunek:

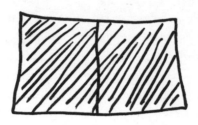

– Moja sztuczka – wyjaśnił pan Valéry, który wskutek nieuwagi, spowodowanej usilnymi rozmyślaniami, tym razem był ubrany na biało – polega na tym, że zawsze chodzę w żałobie. Aby przyciągnąć szczęście.

Trzy osoby

Pan Valéry znał tylko dwie osoby. Tę, którą był w danej chwili, oraz tę, którą był w przeszłości.

Mówił:

– Jeżeli będę żyć dalej, poznam jeszcze trzecią osobę.

I, zadowolony, uśmiechał się z zagadkowym i inteligentnym wyrazem twarzy, zmierzając małymi kroczkami w kierunku własnego Ja, które znajdowało się w dniu jutrzejszym.

– Przeszłość ma swojego pana Valéry'ego, teraźniejszością jestem ja, a przyszłość będzie miała jeszcze innego pana Valéry'ego. Według moich obliczeń jestem trzema osobami. Minimum.

– Niemniej jednak – dodawał jeszcze pan Valéry – trzy osoby mogą być jedną, w przypadku, kiedy się bardzo dobrze znają.

I pan Valéry wyjaśnił:

– Jeżeli będziemy biegali bardzo szybko po bardzo małej przestrzeni, zdołamy być w każdym miejscu tej przestrzeni jednocześnie.

I narysował:

— Można biec tak szybko, że przebywa się jednocześnie w trzech strefach – powiedział pan Valéry, wskazując wykonany przez siebie rysunek.

(Znać trzy osoby to stanowić razem z nimi jedną, wyjątkową osobę – mruknął jeszcze pod nosem pan Valéry).

Jednak pan Valéry nigdy nie miał poważnych problemów z tożsamością. Miał tylko problemy z wątrobą w zimie.

Gwóźdź

Pan Valéry znał kilka aroganckich osób. Nie lubił ich.

Dla niego arogancka była każda osoba, która uważała, że jest lepsza niż jej praca, czy było nią obsługiwanie gości w restauracji, pisanie książek czy malowanie obrazów.

Pan Valéry wyjaśnił:

— Znam osoby, które chodzą po ulicy, tak jakby robiły łaskę czynności chodzenia. Sytuacja, w której uważamy się za coś większego niż nasza praca, jest niebezpieczna.

— Jeżeli nasza praca będzie polegała na wbijaniu gwoździa w ścianę… (i rysował)

— …a my będziemy się uważać za mądrzejszych od tej pracy, to istnieje poważne ryzyko, że nie trafimy w gwóźdź i uderzymy się z całej siły we własny palec.

– Jednak nie możemy się też uważać za głupszych niż nasza praca, bo wskutek kompleksów znów możemy nie trafić w gwóźdź, po raz kolejny uderzając się z całej siły we własny palec.

– Dlatego też – podsumował pan Valéry – zawsze sytuuję się na tym samym poziomie co moja praca. Nie jestem w niej ani szefem, ani podwładnym. Ja i moja praca to dwie rzeczy o identycznej inteligencji, które w pewnym określonym momencie łączy Przeznaczenie. A ono jest jedno.

Po przedstawieniu tej filozoficznej rozprawy pan Valéry nie mógł złapać oddechu: tak wielkie odczuwał szczęście.

Współzawodnictwo

Pan Valéry nie lubił współzawodniczyć.

Twierdził, że w przypadku każdego współzawodnictwa klasyfikacja jest błędna – od pierwszego do ostatniego miejsca.

I dopytywał się:

– Po co wygrywać z innymi? Dlaczego przegrywać z innymi?

– Wolę być wiceostatnim lub podostatnim – mówił ironicznie.

I wyjaśnił:

– Sprawiedliwe jest tylko takie współzawodnictwo, w którym wszyscy startują z identycznymi szansami; z równej pozycji. Ale, jak wiadomo, takie współzawodnictwo nie istnieje. Poza tym, gdyby wszyscy byli tacy sami, w jaki sposób jeden miałby wyprzedzić drugiego? We współzawodnictwie ludzie kończą zawsze tak samo, jak zaczęli – podsumował pan Valéry.

I dodał jeszcze:

– Chciałbym obejrzeć bieg na sto metrów, w którym każdy tor kończyłby się w innym miejscu.

– Wyobraźcie sobie takie oto cztery stumetrowe tory... (i narysował)

– ...tym sposobem – ciągnął pan Valéry – po zakończeniu wyścigu każdy sportowiec uzmysławiałby sobie wyraźniej to, co czeka go nazajutrz. Choćby był zwycięzcą, kończyłby bieg w samotności, co stanowiłoby jednocześnie krótką lekcję życia.

I po tym nieco dwuznacznym stwierdzeniu pan Valéry kontynuował swój codzienny spacer, lekko zgarbiony, z kapeluszem wciśniętym na głowę – i sam, jak zwykle kompletnie sam.

Wnętrze rzeczy

Przez kilka lat pan Valéry zarabiał na życie, sprzedając wnętrze rzeczy.

Nie sprzedawał przedmiotów jako takich, lecz jedynie ich wnętrze. Nabywca otrzymywał na przykład talerz, ale w rzeczywistości stawał się tylko właścicielem wnętrza tego talerza.

Pan Valéry wyjaśniał:

– Na przykład to jest talerz.
I rysował:

– A ja sprzedaję wnętrze talerza.
I rysował:

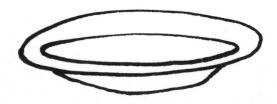

Wówczas ludzie mówili:

– Przecież pan narysował zewnętrzność talerza!

– Owszem – odpowiadał pan Valéry – ale ja nie sprzedaję tego, co widać, ja sprzedaję wnętrze.

– Zdaję sobie sprawę, że łatwiej zrozumieć, czym jest wnętrze, w przypadku przedmiotów pustych w środku, ale zdobądźcie się, proszę, na pewien wysiłek.

Problemy zaczynały się w momencie, gdy właściciel wnętrza jakiejś rzeczy konfrontował się z właścicielem zewnętrzności tej rzeczy.

Toczyły się wówczas nie byle jakie spory.

Rzeczywiście żaden z dwóch nabywców nie mógł być zadowolony, chyba że mieszkali pod jednym dachem. Jednak takie zbiegi okoliczności zdarzają się nader rzadko. Dlatego też interes pana Valéry'ego upadł.

Oskarżono go o szalbierstwo, ale pan Valéry był po prostu osobą, która bardzo dużo myśli.

Literatura i pieniądze

Pan Valéry zawsze nosił pod pachą książkę przewiązaną gumką i ukrytą w plastikowej oprawie.

Książkę tę nie tylko czytał, ale używał również jako portfela, przechowując w niej swoje banknoty.

Wyjaśniał:

– Nigdy nie lubiłem oddzielać literatury od pieniędzy.

Pan Valéry postępował więc w taki sposób (zgodnie ze swoimi zasadami):

Nigdy nie umieszczał więcej niż jednego banknotu między dwiema stronami książki.

Wśród pierwszych stron książki umieszczał banknoty o niższych nominałach, a wśród ostatnich stron te o nominałach najwyższych.

Zamiast używać zakładki do zaznaczania miejsca, w którym przerwał lekturę, umieszczał na odpowiedniej stronie monety, przez co książka w pewnym miejscu grubiała.

Na ostatniej stronie zostawiał zawsze swój dowód tożsamości.

Oto rysunek, za pomocą którego pan Valéry wyjaśniał swój stosunek do literatury i do pieniędzy:

I ilekroć wykonywał ten rysunek, powtarzał:

– Nigdy nie lubiłem oddzielać literatury od pieniędzy.

Postępowanie pana Valéry'ego, zarówno w przypadku lektury, jak i czynności handlowych, odbywało się zawsze w nienaruszalnym i ściśle przestrzeganym porządku.

Najpierw ostrożnie wyciągał książkę z plastikowej oprawy.

Potem, wciąż z wielką ostrożnością, tak aby nie wypadł żaden banknot ani żadna moneta, zdejmował gumkę opasującą książkę.

Trzecim krokiem było otworzenie książki na stronie, na której przerwał lekturę. Było to łatwe, zważywszy na to, że w miejscu tym mieściły się wszystkie monety, jakimi pan Valéry w tym czasie dysponował.

Bez względu na to, czy pan Valéry dokonywał transakcji handlowej, czy oddawał się ponownie lekturze, przede wszystkim wysypywał sobie monety na rękę, przytrzymując ostrożnie książkę, aby nie wypadł z niej żaden banknot. Następnie, jeśli konieczne było dokonanie płatności, szukał odpowiednich banknotów, kartkując książkę jak ktoś, kto szuka zdania, które sobie niegdyś podkreślił.

Kiedy otwierał książkę, aby ją czytać, po wysypaniu sobie monet na rękę ustawiał je na stole w słupek, poświęcając następnie uwagę literom. Gdy podczas lektury docierał do strony z banknotem, natychmiast przekładał go między dalsze strony.

Z kolei kiedy zbliżał się do końca książki, wszystkie banknoty, również te najcenniejsze, przekładane były między strony poprzedzające tę, którą czytał, czyli poprzedzające monety, co wywoływało w nim zawsze dość osobliwe uczucie.

Ilekroć ktoś przechodził obok pana Valéry'ego i widział go, jak siedzi przy kawiarnianym stoliku, ściskając z całej siły obiema rękami rozłożoną książkę, nigdy nie potrafił rozstrzygnąć, czy naprężone ramiona pana Valéry'ego świadczą o podłym skąpstwie, czy o głębokiej miłości do literatury.

Kradzieże

Pan Valéry miał dwie czarne torby. Kiedy przebywał w swoim domu o dwóch pomieszczeniach, nigdy nie wypuszczał ich z rąk.

Miał obsesję na punkcie kradzieży.

Przed przejściem z jednego pomieszczenia do drugiego przekładał wszystkie przedmioty, znajdujące się w pierwszym pomieszczeniu, do jednej z czarnych toreb, aby następnie udać się, już z lekkim sercem, do drugiego pomieszczenia.

Po powrocie do pomieszczenia początkowego otwierał pierwszą torbę, wyciągał z niej wszystkie przedmioty i odstawiał na miejsce. W tym czasie w jednej z jego rąk tkwiła bezpiecznie druga torba, zawierająca przedmioty z drugiego pomieszczenia.

Pan Valéry wyjaśniał:

– Właśnie dlatego posiadam tak mało przedmiotów. Wkładanie ich do torby i wyjmowanie wymaga wielkiego wysiłku.

Kiedy pan Valéry wychodził z domu, zabierał ze sobą torby zawierające wszystkie przedmioty z obu pomieszczeń, przechodził na drugą stronę ulicy i deponował je w skrytce bankowej.

Przy czym wyjaśniał:

– To tylko przezorność.

Wypada dodać, że pan Valéry bardzo lubił rysować swoje dwie czarne torby, ponieważ był to łatwy rysunek.

Cień

Pan Valéry nie lubił własnego cienia – uważał go za najgorszą część swojej osoby. Dlatego wychodził z domu dopiero po wnikliwej obserwacji słońca i po upewnieniu się, że pojawienie się jego cienia jest wykluczone.

Wyjaśniał to następująco:

– To jest plama, która czasami staje się widzialna i zwiastuje śmierć.

I rysował:

Z tego powodu pan Valéry wychodził z domu prawie wyłącznie nocą, i z małą latarką przemierzał nieoświetlone ulice.

Kiedy mieszkańcy miasta, zasiadając do kolacji, dostrzegali za oknem nikłe światełko posuwające się miarowo do przodu, domyślali się natychmiast, że to pan Valéry; i czasem, z sympatii, jaką wywoływała ta drobna obsesja, otwierali okno i pozdrawiali go:

– Dobrej nocy, panie Valéry, dobrej nocy.

Pomimo wątłej postury pana Valéry'ego ludzie czuli się bezpieczniej, wiedząc, że jest w pobliżu i że przemierza ulice ze swoją latarką.

Urojone schodki

Pan Valéry wierzył w istnienie urojonych przedmiotów. Wyjaśniał:

– Zdarzają się takie noce, kiedy przed moimi oczami, w moim domu, pojawiają się przedmioty, których nigdy w życiu nie widziałem. Są to przedmioty, które należały do poprzednich właścicieli domu, przedmioty, które się popsuły lub zostały zniszczone.

– Spoglądam na mój stół i widzę kubek, którego nigdy nie miałem. Spoglądam w kąt pokoju i stoją tam schodki, których nigdy nie kupiłem.

– Pewnego razu – opowiadał pan Valéry – próbowałem wdrapać się na urojone schodki i spadłem. Schodki nagle znikły. Byłbym złamał nogę, ale na szczęście w odpowiedniej chwili pojawił się pode mną urojony materac.

Wówczas ktoś poprosił go o narysowanie urojonych schodków. Pan Valéry uprzejmie zgodził się spełnić tę prośbę i narysował:

— Ależ te schodki są takie same jak wszystkie inne! — zauważył ktoś.

— Są takie same jak inne — wyjaśnił pan Valéry — z tą różnicą, że ich nie widać.

Po czym odwrócił się tyłem do osób, które zanudzały go swoimi uwagami, i ruszył przed siebie. Kiedy znacznie się już oddalił, mruknął pod nosem:

— Proszą mnie, żebym narysował urojenie, i jeszcze składają reklamację. Tacy są ludzie.

I pan Valéry wciąż oddalał się od ludzi drobnymi, rytmicznymi kroczkami, noga za nogą, ani razu nie oglądając się za siebie.

Smutek

Pan Valéry przemierzał zawsze odpowiednie ulice miasta w odpowiednich butach – na każdą ulicę przypadała inna ich para.

Mieszkał tu od urodzenia, ale znał tylko pięć ulic, które przemierzał w pięciu różnych parach butów.

Pan Valéry wyjaśnił:

– To dlatego, że nadmiernie sobie wszystko przyswajam. W normalnych warunkach, gdybym szedł jakąś nową ulicą, ziemia poniekąd przyklejałaby się do moich butów, przez co nikt potem nie miałby już gdzie postawić nóg. Tak jakby na pewnym odcinku tylko ptaki mogły przemierzać ulicę – kończył tonem lirycznym, bardzo dla siebie nietypowym, jako że był człowiekiem, który szczyci się logiką swojego rozumowania.

– To nie buty są problemem – oświadczył pan Valéry. – Problemem jest moja chęć zabrania ze sobą do domu wszystkiego, czego dotknę.

I wyłuszczył swoją myśl jeszcze dokładniej:

– Ponieważ własna osoba nie wystarcza mi, abym czuł się kompletny, zakładam, że wszystko, co nie jest mną, może mnie kompletnym uczynić – i dlatego chcę to mieć; i kradnę to światu.

– Tak naprawdę ulice czepiają się moich butów, ponieważ nie jestem szczęśliwy – dorzucił melancholijnie pan Valéry.

A potem, wracając do typowej dla siebie konwencji logicznych wywodów, dodał:

– Gdyby trójkąt prostokątny zatęsknił za czasami, kiedy był kwadratem, i zechciał ponownie się nim stać, nie powinien łączyć się z tym, czym pragnie być – czyli z kwadratem – bo w ten sposób nigdy nie zostanie tym, czym zostać pragnie.

I pan Valéry, po tym nieco zawiłym wywodzie, poczuł się zobowiązany do wykonania rysunku, który wyjaśniłby jego myśl.

– Zobaczcie, co się dzieje, kiedy trójkąt prostokątny łączy się z formą, w którą pragnie się przeistoczyć, to znaczy z kwadratem.

I narysował:

– Tak naprawdę – dowodził pan Valéry, robiąc kolejny rysunek – aby zyskać możliwość przeistoczenia się w upragnioną formę, powinniśmy połączyć się właśnie z tym, czym nie chcemy być.

I narysował:

– A to z kolei jest zbyt zawiłe, przy tym trochę smutne – powiedział, podsumowując.

Potem pan Valéry już nic więcej nie powiedział – było późno i czuł się zmęczony – ale wykonał jeszcze jeden, ostatni rysunek: był to kwadrat podzielony na mnóstwo małych fragmentów.

PAN HENRI

Wkładu absyntu w literaturę
Nie da się pominąć,
Dał jej znacznie więcej
Niż czerwone wino...

Alexandre O'Neill

Spis treści

Zagadnienie

Pan Henri zapytał:

– Gdyby pomarańcze pochodziły z drzewa zwanego jabłonią, to należałoby nazywać pomarańcze jabłkami czy też jabłoń należałoby nazywać drzewkiem pomarańczowym?

Statystyka

– Statystyka została wynaleziona w Londynie w tysiąc sześćset sześćdziesiątym drugim roku – powiedział pan Henri.

...przedtem również istniały przypadki i powtórzenia, jednak nikt ich nie dostrzegał.

Następnie pan Henri podrapał się wskazującym palcem prawej ręki w brzuch.

Pan Henri nosił czarne spodnie, które nie sięgały butów.

Były to stare brązowe buty. Oglądane od dołu, nie sięgały spodni.

Zachodziła więc pewna wzajemność: spodnie nie sięgały butów, a buty nie sięgały spodni.

– Fantastyczny zbieg okoliczności – zauważył pan Henri, myśląc jednocześnie o znaczeniu statystyki wynalezionej w Londynie w tysiąc sześćset sześćdziesiątym drugim roku.

Filozofowie

Pan Henri dźwigał dwa koszyki z zakupami. Były to butelki.

Przystanął na chwilę zmęczony i oparłszy się o drzewo, zaczął myśleć.

W końcu powiedział:

– Koszyki wyrabiano już w neolicie.

Potem już nic więcej nie mówił, ponieważ był bardzo zmęczony.

Wciąż ciężko dyszał, opierając się o drzewo.

– Potrzebuję kieliszka absyntu – rzekł.

Pomyślał jeszcze trochę, po czym oznajmił:

– Już rozumiem, jak to się dzieje, że człowiek zaczyna myśleć.

...to ze zmęczenia.

...gdyby wszyscy ludzie cieszyli się dobrą kondycją fizyczną, na świecie nie byłoby ani jednego filozofa.

Zanim pan Henri ponownie ruszył w drogę, powiedział jeszcze:

– Na szczęście istnieje absynt.

...absynt jest dla głowy najlepszym bodźcem, jaki istnieje. Czasami nie wiem nawet, co sprawniej myśli w mojej głowie: mój umysł czy absynt.

...ale prawdopodobnie absynt – rozstrzygnął.

Neolit

Pan Henri zamówił kolejny kieliszek absyntu.

– Czuję się dzisiaj wyjątkowo osłabiony – powiedział.

– W neolicie robiono już koszyki! – oświadczył. – Koszyki!

I wypił jednym haustem mały kieliszek absyntu.

– ...koszyki w neolicie! Pomyślcie tylko. W neolicie.

Wówczas po drugiej stronie kontuaru ktoś rzucił szorstko:

– Obchodzą mnie tylko sprawy mojej dzielnicy.

A pan Henri odparł:

– Jak najbardziej mi to pasuje.

I dodał po chwili:

– Jeszcze jeden absynt, proszę.

Dokładność

Pan Henri wciąż zaśmiewał się do rozpuku.

– Moja myśl sytuuje się w przestrzeni, która istnieje – choć jest pusta – między komórkami a absyntem – powiedział. – To właśnie w tej drobnej przestrzeni, w tej drobnej resztce, udaje mi się myśleć.

Następnie oświadczył bardzo głośno:

– Już Babilończycy mieli kalendarz; sześćset lat przed Chrystusem!

Tymczasem panu Henriemu poplątały się godziny. Sądził, że jest czwarta po południu, podczas gdy w istocie była dopiero jedenasta rano.

Ponieważ umówił się ze znajomym na spotkanie o wpół do piątej, powtarzał z wielkim pośpiechem, żwawo przy tym maszerując:

– Sześćset lat przed Chrystusem! Pomyślcie tylko.

– ...ale bądźmy dokładni. Wyczytałem w encyklopedii: pięćset trzydzieści lat przed Chrystusem! Właściwa liczba to pięćset trzydzieści.

– Jeśli chodzi o daty, powinniśmy być dokładni – rzekł pan Henri, jednocześnie myśląc błędnie, że jest spóźniony, i wciąż przyspieszając kroku.

Ławka w parku

Pan Henri stał w parku przed swoją ulubioną ławką, na której siedziała jakaś kobieta i grała na skrzypcach.

Pan Henri przerwał skrzypaczce i powiedział:

– Antonio Stradivari był najsłynniejszym konstruktorem skrzypiec.

…można wręcz powiedzieć, że był architektem skrzypiec.

…testował rozmaite rodzaje skrzypiec, aż powziął decyzję co do rozmiaru i formy znanych nam dzisiaj skrzypiec stradivarius.

…mogłem zostać wielkim skrzypkiem, ale nigdy nie nauczyłem się grać na skrzypcach.

…ostatecznie alkohol pojawił się znacznie wcześniej niż skrzypce.

…na długo przed zaistnieniem skrzypków, istniały osoby zainspirowane artystycznie alkoholem.

…dlatego niech pani będzie tak uprzejma i opuści tę ławkę wraz ze swoimi skrzypcami.

…ponieważ ta ławka jest moja – dokończył pan Henri.

Pamięć

Pan Henri siedział na ławce w parku, zastanawiając się, czy jego ciało będzie mogło powstać i udać się do baru na kieliszek absyntu.

– Moja dusza już powstała – powiedział.

Następnie spojrzał na swoje ciało, próbując zlokalizować własną twarz, ale nie udało mu się.

...są takie części mojego ciała, które mogę dostrzec tylko oczami, i są też takie, które mogę dostrzec tylko pamięcią.

...to tak, jakby pamięć miała oczy, i to oczy starsze od tych właściwych.

Po krótkiej chwili ciszy pan Henri rzekł:

– Jest rzeczą pewną, że moja wola wypiła już kieliszek absyntu, a ja jeszcze nie.

...moja wola jest w tej chwili bardziej pijana ode mnie.

...dlatego zamierzam do niej dołączyć – dodał pan Henri.

I powstał gwałtownym ruchem z parkowej ławki.

– No i wreszcie decyzja została podjęta. Na absynt! – zakrzyknął.

I ruszył pośpiesznie w drogę.

Waluta

Pan Henri znalazł na chodniku pierścionek.

– Ach – westchnął – może ten pierścionek jest ze złota.

Pan Henri natychmiast włożył pierścionek do kieszeni, myśląc: Nie jest ze złota, jest z sześciu tysięcy kieliszków absyntu.

...to jest waluta mojego państwa.

I pan Henri uśmiechnął się. Znalazł rzadki skarb.

– Oto pierwszy płynny pierścionek w Historii – rzekł triumfalnie.

Wyjaśnienia lekarzy

Panu Henriemu dwa razy w tygodniu brakowało tchu. Zdarzało się to we wtorki i w soboty. W inne tygodnie we wtorki i w piątki.

– Brak mi tchu, o tutaj – pokazywał pan Henri, obejmując dłońmi gardło.

Podając mu kieliszek absyntu, szef lokalu stwierdził:

– Pan Henri musiał mieć jakiegoś przodka, który został powieszony na drzewie o prawie sześciu metrach wysokości i półtorametrowej średnicy. To straszliwe zdarzenie miało miejsce we wtorek i dlatego we wtorek panu Henriemu zawsze brak tchu.

Pan Henri skinął twierdząco głową i powiedział:

– Ja też nigdy nie lubiłem wyjaśnień lekarzy.

Lekarstwo

— Aspiryna — powiedział pan Henri, przełykając tabletkę. …jest na bóle głowy, bóle rąk i palców u nóg, bóle rogów, bóle łokcia, bóle serca, bóle duszy, bóle ducha świętego małżowiny usznej, bóle zębów, bóle dziąseł, bóle za krótkich paznokci, bóle myśli, bóle wniosków, bóle portfela, bóle hipotez, bóle cudzej kobiety, bóle przykazania: nie będziesz pożądał żony bliźniego swego, bóle siusiaka, bóle jąder, bóle ogona, pośladków, pach, włosów pod pachami, bóle dróg moczowych, bóle piersi w przypadku kobiet, bóle włosów, kiedy nas za nie ciągną, bóle wszystkiego i wszędzie, Boże dopomóż. A także na astmę.

W tym momencie pan Henri zrobił przerwę, żeby nabrać tchu, i zamówił kieliszek absyntu.

Staruszek, który stał obok, zastanowił się:

— Nie rozumiem tylko, po co ta aspiryna.

— Żeby spotęgować działanie — odparł bez namysłu pan Henri.

Zaćmienie

Pan Henri czekał na zapowiadane od dawna zaćmienie, które się jeszcze nie rozpoczęło.

– Jeżeli same ciała niebieskie się spóźniają, to co będzie z całą resztą – zauważył.

Pan Henri był zaopatrzony w ogromne okulary.

…gdyby moje okulary rozciągały się na taką samą odległość, jaka dzieli Ziemię od Słońca, to wtedy, owszem, widziałbym wszystko bliżej – rozumował pan Henri.

…w języku chińskim zaćmienie i czynność jedzenia określa się tym samym słowem. Zaćmienie to pewna mroczna rzecz, która zjada gwiazdę.

…to piękna wizja.

Po czym pan Henri złożył okulary i wyciągnął z plecaka butelkę absyntu.

Po upiciu kilku porządnych łyków powiedział:

– Jakie piękne zaćmienie! – I znów upił kilka łyków.

Leżąc na ziemi i czekając, aż coś się wydarzy na niebie, pan Henri w końcu zamknął oczy i zasnął.

Po przebudzeniu chwycił swój plecak oraz butelkę absyntu i oddalił się.

– Miałem moje prywatne zaćmienie – rzekł do siebie, absolutnie zadowolony z ciał niebieskich, które udało mu się dojrzeć na swoim wyjątkowym niebie.

– Mam w tej butelce zaćmienie, które zależy wyłącznie ode mnie – stwierdził.

Trzęsienia ziemi

– Jeśli chcecie zbudować studnię – powiedział pan Henri – to przede wszystkim musicie znaleźć mrowisko.

– ...jeszcze jeden absynt – poprosił.

...bo, jak powszechnie wiadomo, pod mrowiskiem jest zawsze mnóstwo wody.

...mrówki są jakby w połowie inteligentnymi, a w połowie tępymi roślinami, podczas gdy rośliny są zwierzętami pozbawionymi jakiejkolwiek inteligencji.

...mrówki potrzebują wody, żeby założyć rodzinę. Tak samo jak ludzie.

...pod ziemią występują ruchy energii, które są symetryczne do ruchów w mrowisku.

...i właśnie z wielkiego zagęszczenia tych ruchów biorą się trzęsienia ziemi.

...codziennie czytam encyklopedię, aby mieć dostęp do tych nieodzownych informacji.

...człowiek nie jest w stanie żyć bez informacji.

...informacja – oświadczył pan Henri, któremu już plątał się język – informacja to druga strona absyntu.

Poezja

Opróżniwszy jednym haustem kieliszek absyntu, trzymany w prawej ręce, pan Henri poprosił:

– Jeszcze jeden kieliszek absyntu.

...dla obu stron ciała – dodał. – Ten drugi kieliszek jest dla lewej ręki.

Po czym uniósł lewą ręką drugi kieliszek i go wypił.

...jest to rzecz zasadnicza dla zachowania równowagi – powiedział pan Henri.

...liczbą równowagi jest dwójka.

...a także jej wielokrotności.

...jeszcze jeden absynt, proszę, przechodzimy do wielokrotności!

...w czasach starożytnych istniały dwie matematyki, a dziś jest tylko jedna.

...zdarzyło się to, co zdarza się zawsze, kiedy jakiś lud przystępuje do wojny z drugim ludem i jeden lud wygrywa, a drugi przegrywa.

...jeżeli lud A, który zwyciężył, jest zły, ucina głowę wszystkim członkom ludu B, a wtedy lud B znika z powierzchni ziemi.

...tak właśnie stało się z jedną z matematyk.

...pozostaje pytanie, czy pokonana matematyka nie była inteligentniejsza od tej, którą znamy – zastanowił się pan Henri.

...jako że pokonani są często inteligentniejsi.

...z pewnością wiemy, że pokonani są słabsi, stąd zresztą fakt, że zostali pokonani.

…jednak wyobraźcie sobie, że lud z matematyką A, tą matematyką, która nas dzisiaj dręczy…

…wyobraźmy sobie, że ten lud od matematyki A posługiwał się dłuższymi dzidami niż lud, który stosował matematykę B.

…ponieważ ostrza dzid ludu z matematyką A pierwsze sięgały serc ludu B, matematyka A została narzucona wszystkim ludom.

…kto więc zaprzeczy, że matematyka, którą mamy, nie zwyciężyła dzięki muskułom i broni?

…wierzę, że ta druga matematyka, która zginęła w mrokach dziejów, błądząc po drogach i bezdrożach, dała początek poezji.

…jednak nie jest to nic pewnego.

…to poetycka spekulacja.

…jeszcze jeden absynt, proszę. I to szybko.

…opowiedzieć wam o złowrogich latach tysiąc trzysta czterdzieści osiem–tysiąc trzysta pięćdziesiąt? – zapytał pan Henri, który już całkowicie stracił równowagę.

…przejdźmy zatem do pierwszej wielokrotności – powiedział.

Anatomia

– Doktor Joseph-Ignace Guillotin, znakomity profesor anatomii – oświadczył pan Henri – był wynalazcą gilotyny.

...Doktor Guillotin, znawca anatomii, twierdził, że gilotyna działa znacznie szybciej niż topór i dlatego powoduje mniej cierpienia.

...bo kiedy robiono to toporem, niektórzy mordercy o najtwardszych szyjach czekali aż dwadzieścia minut, zanim oddzielono im głowę od reszty ciała.

...trzeba bardzo uważnie przeanalizować budowę ciała, jeśli chce się je szybko uśmiercić – skomentował pan Henri.

...taki czy inny idiota – na przykład Czas – potrzebuje siedemdziesięciu lat, żeby kogoś zabić.

...a żeby zabić w ułamku sekundy, potrzeba ogromnej wiedzy.

...należy więc wnioskować, że Czas nie jest znawcą ludzkiej anatomii.

...a gdyby tak wielkim kamieniem z całej siły w głowę...

...lekarze znajdują się w najbardziej niespodziewanych miejscach, tyle wam powiem.

Pech

– Klątwy to rachunki matematyczne, które potwierdzają się w przyszłości i czekają tam na nas – powiedział pan Henri.

Po czym pochylił się, aby zawiązać sznurowadło u buta, i dokładnie w tym momencie wielki kamień przeleciał mu nad głową, a następnie upadł gwałtownie na ziemię.

…moje szczęście po raz kolejny było punktualne – stwierdził pan Henri, prostując się.

…lub też: moje szczęście jest zawsze zsynchronizowane z moim pechem.

…gdyby kamień uderzył mnie w głowę, byłby to pech – skonstatował pan Henri.

…ale miałem to szczęście, że schyliłem się w momencie, kiedy kamień chciał mi roztrzaskać głowę.

…ludzie, którzy mają pecha, nie przestają mieć szczęścia.

…po prostu mają szczęście w niewłaściwych momentach – wyjaśnił.

…tak jakby na środku pustyni znaleźli worek z piaskiem… – dodał pan Henri.

Nieskończoność

Pan Henri zamówił kieliszek absyntu.

– Od dwóch dni nie piłem – powiedział.

...robię pomiary starego budynku, a kiedy piję absynt, wymiary domu od wewnątrz wychodzą niemal dwa razy większe niż wymiary domu od zewnątrz.

...czy to możliwe, żeby jedna ze ścian domu miała od wewnątrz dziesięć metrów długości, a od zewnątrz tylko pięć?

...moja koncepcja nieskończoności jest następująca: skrzynka, która od wewnątrz ma wymiary 20×10×10, a od zewnątrz 10×5×5.

...nieskończoność kryje się w absyncie – zauważył.

I pan Henri, unosząc palec wskazujący, ponownie złożył zamówienie:

– Jeszcze jedną nieskończoność, proszę. I to z tych dużych!

Wpływy

– Wiele tysięcy lat temu Chińczycy zbudowali wieżę szczęśliwych wpływów – oznajmił pan Henri. – Czytałem o tym w encyklopedii.

...była to bardzo wysoka wieża, wzniesiona po to, aby ludzie mogli z jak najmniejszej odległości prosić gwiazdy o pomoc tu, na dole.

...kiedy prosisz słońce o pomoc, stojąc na ziemi, słońce cię nie słyszy.

...w niebie lepiej słychać olbrzyma niż karła. To kwestia matematyki.

...dlatego gdybyś zechciał mówić do nieba, wejdź na najwyższą wieżę i krzycz.

...tutaj – stwierdził pan Henri – problemem niemych jest, bez wątpienia, brak głosu.

Plugastwo

– Celtowie wierzyli, że jeśli uczynisz człowieka głuchym – przypomniał pan Henri – to stanie się na zawsze twoim niewolnikiem, ponieważ nie będzie mógł przyswoić sobie nauk żadnej innej osoby.

...to jednak było w czasach, kiedy jeszcze nie istniało pismo. Ani kino.

...gdyby ktoś chciał teraz uczynić jakiegoś człowieka swoim niewolnikiem, musiałby go ogłuszyć, oślepić oraz obciąć mu ręce i nogi.

...bo w dzisiejszych czasach człowiek uczy się wszystkimi częściami ciała.

...co w moim przekonaniu świadczy o braku higieny.

Alfabet

— Zdaje się, że w pierwszych latach chrześcijaństwa ktoś został skazany za to, że napisał: „słowo weszło przez ucho Marii" — oznajmił pan Henri.

I zamówił kolejny kieliszek absyntu.

...znam też historie taoistyczne, buddyjskie i hinduistyczne.

...nigdy nie byłem wielkim znawcą religii, to prawda.

...jednak gdyby kościół był wielkim kieliszkiem pełnym absyntu, dla mnie nie byłby to już pełny kieliszek.

...ale nie powinno się mówić o religii, kiedy się pije.

...czy wiecie, że Babilończycy mieli to samo słowo na „ból" i „jeść"?

...drugi tom encyklopedii, strona trzysta siedemdziesiąta szósta.

...na przykład zamiast mówić, że boli ich stopa, mówili, że stopa zjada im ciało.

...wiem też różne rzeczy o astronomii i alchemii.

...rzeczy o alchemii dowiedziałem się wcześniej niż rzeczy o astronomii, a to z powodu alfabetu.

...dla mnie fakt, że L występuje przed S, ważniejszy jest od porządku historycznego — skonkludował pan Henri.

System

— Absynt to moja teoria na temat świata — oświadczył pan Henri.

...posiadam ogólny system filozoficzny, nazywa się absynt.

Pociągi

– Grzebień jest w stanie zmienić waszą osobowość – powiedział pan Henri.

...jeżeli znajdziecie na ulicy grzebień, potrafi on zmienić waszą osobowość.

...kieliszek absyntu! – poprosił.

...pociągom leci z głowy dym, ale to nie przez fajkę, ponieważ pociągi się śpieszą.

...gdyby pociągi paliły fajkę, nie przyjeżdżałyby zgodnie z rozkładem jazdy – orzekł pan Henri.

...pociągi przyjeżdżają punktualnie nie z powodu silnika, tylko właśnie z powodu rozkładu jazdy.

...jeszcze jeden absynt! – poprosił.

...na szczęście pociągi nie palą fajki.

...a nie palą jej z powodu rozkładu jazdy.

...tak to właśnie wygląda.

Tęcza

— Tęcza została wynaleziona w tysiąc sześćset pięćdziesiątym szóstym roku.

...oczywiście żartuję.

...różnica między sprawami natury i sprawami ludzkimi
polega na tym, że sprawy natury nie mają daty wynalezienia.

...sprawy natury są zawsze starsze.

...kieliszek absyntu, proszę.

...niektórzy wierzą, że istnieje również tęcza nocna, której nie widzimy, bo jesteśmy ślepiuteńcy.

...i nigdy nie rozumiałem postępu.

...wypijamy kieliszek absyntu tak samo, jak robili to
mieszkańcy starożytnego Rzymu.

...i jeszcze mówi się nam o postępie.

...mamy tutaj wspaniały absynt.

...absynt został wynaleziony wcześniej niż inteligencja,
oto jeden z rzadkich faktów historycznych, którego nie
można pominąć.

Klątwa

– Jeżeli ktoś odważy się pewnego dnia zamknąć ten jakże szacowny lokal – powiedział pan Henri – niech będzie
przeklęty przez sto tysięcy kulawych demonów i przez po
trzykroć szpetną jędzę.

...kieliszek absyntu, poproszę.

Wieczność

– Ten szacowny lokal miał zaszczyt być świadkiem kilku najsłynniejszych rozpraw pana Henriego, mnie samego, tutaj obecnego przy tej, a nie innej okazji – przypomniał pan Henri.

...jeszcze jeden kieliszek absyntu – poprosił.

...dzisiaj, na przykład, opowiem wam o mikroskopie.

...mikroskop to urządzenie wynalezione po to, aby rzeczy małe czynić wielkimi, natomiast politycy zostali wynalezieni po to, aby rzeczy wielkie czynić małymi.

...mikroskop wynaleziono w Holandii w roku tysiąc pięćset dziewięćdziesiątym.

...w moim skromnym przekonaniu powinna istnieć zarówno data wyznaczająca moment wynalezienia danego urządzenia, jak i data wyznaczająca moment dezaktualizacji tego urządzenia.

...jeżeli jakiś wynalazek zostanie prześcignięty przez bieg wydarzeń, powinna odbyć się ceremonia pogrzebowa, z wszystkimi rytuałami wielkiego pożegnania.

...dokładnie tak jak w przypadku ludzi: data narodzin i data śmierci.

...pokój jego duszy.

...są jednak rzeczy wieczne, to oczywiste.

...rzeczy, które nigdy nie umierają.

...rzeczy, które nigdy nie tracą wartości.

...poproszę jeszcze jeden kieliszek absyntu, wielmożny komandorze.

I pan Henri, smakując absynt, dorzucił jeszcze:

– Och, Wieczność.

Silnik dwusuwowy

Pan Henri przyrzekł sobie:

– Dzisiaj nie dotknę nawet kieliszka.

...czy jest w takim razie ktoś, kto podejmie się wlewać mi absynt do gardła?

...żartuję – wyjaśnił pan Henri.

...połowa przyjemności, jaka wiąże się z piciem absyntu, polega na trzymaniu kieliszka.

...połowa to może przesada.

...chcę kieliszka wypełnionego absyntem aż po sedno sprawy, i to zaraz – powiedział pan Henri.

...kiedy przestanę zachodzić do tego lokalu, będziecie, wielmożni państwo, za mną tęsknić.

...jestem jednym z wielkich sponsorów tego szacownego lokalu.

...król oglądany przez soczewkę mikroskopu jest skupiskiem robaków w trzydziestu różnych kolorach.

...mikroskop jest najważniejszym wynalazkiem dla demokracji.

...pod mikroskopem biedak ma tyle samo robaków i tyle samo kolorów co król.

...gdyby nie wynaleziono mikroskopu, nie wynaleziono by demokracji.

...Grecy mieli coś w rodzaju demokracji bez mikroskopu, co jest w istocie jednym wielkim świństwem.

...czytałem też o silnikach spalinowych.

...silnik może być dwusuwowy lub czterosuwowy.

...dokładnie tak samo jak walc, tyle że silnik jest nieznośny z jednego powodu, a walc z innego.

…jedyną rzeczą, która nie występuje pod postacią dwusuwową, jest śmierć.

…gdyby śmierć była dwusuwowa, nikt by nie umierał, bo w przerwie między pierwszym a drugim suwem wszyscy by uciekali.

…śmierć to silnik jednosuwowy – stwierdził pan Henri.

…śmierć to silnik, który spada nam jednym suwem na głowę.

…jeszcze jeden absynt, ekscelencjo.

…kieliszek absyntu również należy wypijać jednosuwowo.

…wypijanie kieliszka absyntu dwusuwowo jest grzechem.

…pragnę zatem oświadczyć, w tym oto prześwietnym lokalu Spółki Drink & Drink z ograniczoną odpowiedzialnością, że jedenaste przykazanie brzmi: nie będziesz wypijał kieliszka absyntu dwusuwowo.

…dwunaste przykazanie zaś brzmi: a już na pewno nie trójsuwowo.

…kieliszek absyntu wypija się za jednym razem albo wcale.

…kiedy się pije, to się nie jąka.

…czy też: śpiewając i pijąc, nikt nie jest jąkałą.

…jeszcze jeden absynt, ekscelencjo, bo pan Henri chce wznieść toast.

…jako że pan Henri jest bardzo inteligentny – uzasadnił pan Henri.

…pan Henri ma inteligencję w każdym zakamarku swojej głowy.

…pan Henri ma w głowie całe kilometry inteligencji.

…miałem już wizje inteligencji zwiniętej w czaszce niczym kobra napchana rozumowaniem.

…problem z silnikiem dwusuwowym – powiedział pan Henri – polega na tym, że wszystko, co ważne, nie istnieje pod postacią dwusuwową, tylko jednosuwową.

…nie ma dwóch Bogów, tego z prawej i tego z lewej. Nie ma dwóch potopów, tego o szóstej piętnaście i tego o siódmej trzydzieści pięć.

…gdyby tak było, słowo potop zostałoby ośmieszone.

…wszystkie ważne słowa są jednosuwowe – powtórzył pan Henri.

…na przykład słowo absynt.

…nikt nie mówi: ab-synt.

…jeżeli ktoś tak powie, to zgrzeszy przeciw najświętszej świętości.

I pan Henri zamilkł.

…zmęczyła mnie ta długa rozprawa, czy zarządca tego lokalu byłby tak uprzejmy i przyniósł mi jeszcze jeden kieliszek absyntu?

…nie ab-syntu. Absyntu, tak jak zawsze.

…silnik dwusuwowy jest dla idiotów – dodał jeszcze pan Henri.

silnik dwusuwowy

Rzeczywistość

– Jeżeli człowiek zmiesza absynt z rzeczywistością, otrzyma lepszą rzeczywistość – powiedział pan Henri.

...możecie wierzyć, wielmożni słuchacze, moim słowom, a nie wynikają one z erudycji, którą bez wątpienia w wielkiej ilości posiadam, jednak nie, nie z niej się one biorą.

...słowa moje biorą się z doświadczenia, drodzy współobywatele!

...prawdą jest, że jeśli człowiek zmiesza absynt z rzeczywistością, uzyska lepszą rzeczywistość.

...jednak pewne jest też, że jeśli człowiek zmiesza absynt z rzeczywistością, uzyska gorszy absynt.

...bardzo wcześnie dokonałem zasadniczych wyborów, których w życiu trzeba dokonywać – oznajmił pan Henri.

...nigdy nie mieszałem absyntu z rzeczywistością, żeby nie pogarszać jakości absyntu.

...jeszcze raz kieliszek absyntu, drogi komandorze. I to bez ani jednej kropli rzeczywistości.

Mózg

– W kieszeniach spodni i koszuli nie podoba mi się to – rzekł pan Henri – że nie są przystosowane do przenoszenia płynów.

...gdyby ludzka garderoba była lepiej przystosowana do przenoszenia płynów niż złota, świat byłby znacznie lepszy.

...niech wielmożni państwo dokładnie rozważą to, co pan Henri im mówi, jako że pan Henri jest nie lada mózgowcem.

...podczas gdy większość osób to mózgowcy odtąd w górę, ja jestem mózgowcem odtąd w górę i odtąd w dół.

...jestem mózgowcem we wszystkich kierunkach – powiedział pan Henri.

Górna część

– Po drodze widziałem w parku pielęgniarkę, która podlewała troje niemowląt – oznajmił pan Henri – tak jakby to były rośliny.

...i te niemowlęta robiły wrażenie szczęśliwych.

...kieliszek absyntu, najjaśniejszy cesarzu – poprosił pan Henri.

...jeśli rośliny będzie podlewać kobieta, wyrosną bardziej kobiece, a jeśli będzie je podlewać mężczyzna, wyrosną bardziej wulgarne.

...widziałem już bardziej zadziwiające rzeczy.

...jeszcze jeden kieliszek, drogi cesarzu, bo poprzedni jakoś szybko przeleciał.

...przeprowadzono badania, które dowiodły, że inteligencja mieści się zasadniczo w górnej części absyntu.

...dlatego piję zawsze od góry.

...notabene zawsze intrygował mnie fakt, że nie da się wypić płynu, zaczynając od jego dolnej części.

...ale nie jest to jedyna zagadka tego świata – stwierdził pan Henri.

Umowa

– Moi rodzice nie usypiali mnie bajkami dla dzieci – zwierzył się pan Henri.

...moi rodzice usypiali mnie, czytając umowy o dzierżawę oraz inne umowy.

...mój ojciec pracował w biurze notarialnym, w którym był notariusz oraz trzech mężczyzn i tych trudno było odnotować.

...mój ojciec był jednym z nich.

...mój ojciec nie miał czasu dla mnie i nie miał czasu na czytanie umów, które był zobowiązany redagować.

...mój ojciec wykorzystywał chwile przed moim zaśnięciem, czytając mi na głos umowy i wyszukując w ten sposób błędy, przez co dorastałem w przekonaniu, że w bajkach są zawsze dwie strony, prawa i lewa, dwóch kontrahentów i że jeden zawsze daje coś w zamian za coś innego.

...dopiero później pojąłem, że dzieje się tak właśnie w świecie rzeczywistym – z tym „dawaniem i braniem" – a tylko w bajkach dla dzieci zdarza się, że ktoś coś daje, nie chcąc niczego w zamian.

...przed śmiercią ojciec przywołał mnie i powiedział: „Nigdy niczego nie rób przed podpisaniem umowy".

...to były jego ostatnie słowa. Był człowiekiem roztropnym.

...jeszcze jeden absynt, wielmożny drugi obecny tu kontrahencie.

...bardzo dziękuję.

Ropa naftowa

– Czy już wyjaśniałem wam działanie silnika elektrycznego? – spytał pan Henri.

...kieliszek absyntu, o tutaj, dla pana doktora, czyli mnie samego – poprosił pan Henri.

...wyjaśnianie działania silnika elektrycznego idzie mi znacznie lepiej po wypiciu kieliszka absyntu.

...po wypiciu czterech kieliszków absyntu wyjaśniam nawet działanie silnika absyntu.

...dlatego nigdy nie wyjaśniam działania silnika elektrycznego po wypiciu czterech kieliszków absyntu.

...prąd stały jest przyciągany na zmianę przez jeden i drugi biegun.

...silnik działa na tej samej zasadzie co gra w ping-ponga, gdzie piłka jest prądem elektrycznym, a obaj gracze są tak dobrzy, że piłka jest zawsze w grze, przez co mecz kończy się niezmiennie wynikiem zero do zera.

...jeszcze jeden kieliszek, bo pan Henri, Wielki Mistrz, przyszedł dziś do lokalu natchniony.

...jestem znakomity, jeśli chodzi o obrazowanie.

...pierwsze funkcyjne dynamo elektryczne zostało wynalezione w tysiąc osiemset siedemdziesiątym trzecim roku, a pierwszy silnik indukcyjny w tysiąc osiemset osiemdziesiątym piątym.

...co pan powie na te fakty, panie inżynierze?

...znam również datę moich urodzin oraz datę przeprowadzenia pierwszego odwiertu mającego na celu znalezienie ropy naftowej.

…został przeprowadzony w tysiąc osiemset pięćdziesiątym siódmym roku przez Hunausa, który od tamtej pory nigdy nie przestał patrzeć się w ziemię.

…nigdy nie wiadomo, czy ludzie patrzą się w ziemię dlatego, żeby się nie potknąć, czy dlatego, żeby wyniuchać ropę naftową.

…dla mnie wszystkie płyny, które nie nadają się do picia, tak jak to jest w przypadku ropy naftowej, są niczym teksty napisane w nieznanym mi języku.

…a co, ostatecznie, wart jest tekst, którego nie można przeczytać? – spytał pan Henri.

Teoria

— Telefon został wynaleziony po to, aby ludzie oddaleni od siebie mogli ze sobą rozmawiać — rzekł pan Henri.

...telefon został wynaleziony po to, aby oddalać jednych ludzi od drugich.

...dokładnie tak samo jak samolot.

...samolot został wynaleziony po to, aby jedni ludzie żyli daleko od innych.

...gdyby nie istniały telefony i samoloty, wszyscy ludzie żyliby razem.

...to jest tylko teoria, ale dobrze się nad nią zastanówcie.

...ważne jest, abyście zastanowili się w momencie, kiedy nikt się tego nie będzie spodziewał.

...tak ich zaskoczymy.

Fizjologia

– Pierwsze pianino zostało skonstruowane we Włoszech na początku osiemnastego wieku – powiedział pan Henri.

...począwszy od roku tysiąc osiemset osiemdziesiątego pianina ewoluowały zasadniczo na poziomie mocy strukturalnej i tonalnej, jak również na poziomie szybkości napędu.

Pan Henri wypił jednym haustem kieliszek absyntu i od razu beknął.

...trzeba wrażliwości, żeby grać na pianinie – powiedział.

...bekanie to mowa moich przodków i od razu proszę mi wybaczyć tak silne związki z rodziną oraz to, że sprawiłem wielmożnym państwu lekki dyskomfort.

...zaletą alkoholu jest to, że burzy się w środku, alkohol jest bowiem wewnętrznym anarchistą.

...znacznie skuteczniejszym niż idee rewolucyjne.

...myślenie nie wstrząsa tak nami wewnętrznie jak kieliszek absyntu i intelektualiści powinni poważnie się nad tym faktem zastanowić.

...nie jestem intelektualistą, ale mógłbym nim być – stwierdził pan Henri.

...gdybym za każdym razem, gdy wypijałem w tej prześwietnej bibliotece kieliszek absyntu, czytał w innych bibliotekach jedną książkę, znałbym już na pamięć całą historię Wizygotów.

...problem w tym, że ludów jest więcej niż wiśni i kiedy uczę się całej historii Wizygotów, tracę czas potrzebny do tego, aby zgłębić historię Ostrogotów, którzy skądinąd nie istnieją.

…najlepiej byłoby, gdyby zebrano wszystkie fakty i wszystkie zdarzenia w jednej książce, a potem zredukowano tę książkę do połowy; i powtarzano to tak długo, aż wszyscy będą mieli możność poznania świata dzięki zdaniu złożonemu z dziesięciu słów.

…później każdy nauczyłby się tego zdania na pamięć, zyskując dzięki temu czas na rzetelną rozrywkę, jaką jest wypijanie jednego kieliszka absyntu po drugim, tak jak Bóg przykazał.

…niemniej jednak od bardzo dawna nie udaje mi się skoncentrować całkowicie na kieliszkach z absyntem z powodu moich potrzeb intelektualnych.

…mam prawie tyle samo potrzeb intelektualnych co fizjologicznych.

…gdybym prowadził rejestr moczu, który napływa mi do dolnego naczynia, oraz rejestr chęci poznawania faktów, która napływa mi do górnego naczynia, niewątpliwie okazałoby się, że górny rejestr wyraża się w znacznie wyższych liczbach niż dolny.

…nawet uwzględniając fakt, że absynt ma silne tendencje upłynniające.

…możecie wierzyć lub nie, ale na koniec roku odnotowuję w dolnym naczyniu wyraźny deficyt.

…mając więcej dążeń intelektualnych niż fizjologicznych, bez wątpienia mogę w końcu dołączyć do kategorii intelektualistów.

…więcej we mnie rozumowania niż fizjologii, drodzy przyjaciele. A wystarczy spojrzeć przelotnie na wasze twarze, by pojąć, że w waszym przypadku jest zgoła inaczej.

…mam nadzieję, że się nie obrazicie, ale prawda jest taka, że wasze oblicza, najdrożsi przyjaciele, są czysto fizjologiczne.

…wasze twarze to fizjologia plus nos.

…podczas gdy moje oblicze, jeśli dobrze mu się przyjrzycie, to trochę fizjologii i trochę nosa, to jasne, jednak zasadniczo jest to maszyna do rozumowania, umysłowy zwierz, przemysł filozoficzny.

…tylko dla przykładu: wiecie, kiedy oddano do użytku pierwszy lotniskowiec?

…a gdzie tam: czysta fizjologia. Wielmożnych państwa nawet czuć fizjologią, co jest rzeczą nader rzadką.

…to było w roku tysiąc dziewięćset osiemnastym. Zakodujcie to sobie i nigdy nie zapomnijcie.

…kiedy pana Henriego zabraknie, odczujecie pewien brak, taka jest prawda.

…kolejka absyntu dla wszystkich, ja stawiam.

…czuję się dzisiaj wyjątkowo szczęśliwy.

Delikatność

– Taczki zostały wynalezione po to, aby dawać siłę mężczyźnie – uzasadnił pan Henri – a kobieta została wynaleziona po to, aby odbierać siłę mężczyźnie.

...wiem, że jestem grubianinem, i w ramach zadośćuczynienia stawiam kieliszek absyntu wszystkim kobietom obecnym w tej jakże wyjątkowej winnej bibliotece.

...panie kierowniku, drogi kierowniku, wasza wielmożna kierownicza wielmożność: jak może istnieć lokal z takim gatunkiem ścian i takim gatunkiem grzyba; z takimi gatunkami potencjalnych chorób wynikających z niewłaściwych rozwiązań kanalizacyjnych, z królującej tu wilgoci oraz ze stęchłych i zgubnych woni... Podsumowując: jak takie królestwo może istnieć bez choćby jednej kobiety w ramach zadośćuczynienia?

...wydaje się to poważnym błędem architektonicznym: to, że nie widać w tym lokalu ani jednej kobiety, ale nie sposób winić architektów za wszystkie niedostatki tego świata.

...prawdą jest, że taczki zostały wynalezione po to, aby dawać siłę mężczyźnie, a kobieta została wynaleziona po to, aby odbierać siłę mężczyźnie, jednak kobieta jest, mimo wszystko, potrzebna, ponieważ jest drugą stroną użyteczności.

...gdyby po jednej stronie monety widniała użyteczność, po drugiej mielibyśmy kobietę.

...kobieta jest najbardziej bezużytecznym narzędziem mężczyzny, ponieważ jest rzeczą piękną.

...jednak, drogi komandorze-dyplomato, w dniu, kiedy jakaś kobieta postawi choćby jedną stopę w tym oto przedsionku prześwietnych balów, ja, tutaj obecny, zawsze panu oddany pan Henri, nie postawię, z jego strony, to znaczy z mojej strony, choćby jednej drugiej stopy, z tych oto należących do mnie stóp, w tym jakże szacownym przedsionku najświetniejszych balów!

…ponieważ kobiety przynoszą większego pecha niż pusta flaszka w spiżarni.

…oto moje poglądy. I proszę mi wybaczyć, jeżeli kogoś obraziłem.

…a to dlatego, że kobiety są delikatne, a delikatność to ostatnia cecha, jaka ma tutaj prawo wstępu.

…wszystkie lokale mają swoją mistykę, swoją duszę; a duszą tego lokalu jest ścisły zakaz wprowadzania delikatności.

…rzekłem.

…jeszcze jeden absynt, drogi prezesie, jako że rozprawa była długa.

…moje gardło jest bardziej suche niż pustynia między dwunastą w południe a czwartą trzydzieści po południu.

…bardzo dziękuję, komandorze, to powinno przywrócić mnie natychmiast do świata żywych.

…no i już jest.

Kości

– Stalowe noże powinny być regularnie polerowane w celu usunięcia rdzy – rzekł pan Henri.

...ta informacja może się wydać bez znaczenia komuś, kto nie posiada stalowych noży, jednak dla kogoś, kto posiada stalowe noże, nie jest ona bez znaczenia.

...kieliszek absyntu, panie ambasadorze!

...podobno nie jest absolutnie pewne, że Śrubę Archimedesa wynalazł Archimedes.

...zawsze myślałem, żc najważniejsze to wiedzieć, jak się rzeczoną Śrubą posługiwać.

...jednak jeśli Śruba Archimedesa nie została wynaleziona przez Archimedesa, powinniśmy niezwłocznie zmienić jej nazwę.

...ani jednego stulecia więcej z powtarzaniem tego rodzaju błędów.

...jeszcze jeden absynt, litości...

...kości są naszą własnością, tak samo jak dom, który kupujemy – powiedział pan Henri.

...różnica polega na tym, że banki, którym nie płacimy, nie mogą pozbawić nas kości tak łatwo, jak pozbawiają nas domu.

...szkielet jest najbardziej prywatną z prywatnych własności.

...ilekroć wypijam kieliszek absyntu, widzę siebie jako ogrodnika, który podlewa swój ogród.

...moje kości potrzebują absyntu, tak jak ogród potrzebuje latem wody.

…jeszcze jeden kieliszek, komandorze-generale – poprosił pan Henri.

…dzięki absyntowi kości stają się zwarte, mocne, inteligentne, zwinne, elastyczne, trwałe, czujne, a poza tym absynt robi dobrze na kości.

…prawda jest taka, że kości się nie upijają, ponieważ pijaństwo to zawsze coś powierzchownego.

…możemy wypić dziesięć kieliszków absyntu i szkielet nie drgnie nawet o milimetr, chwieją się tylko nerwy otaczające kości.

…na każdą kość przypada ponad sto tysięcy nerwów czy coś koło tego.

…czytałem rozprawę z anatomii, w której autorzy zapomnieli o dwóch nogach i jednej ręce.

…przelecieli wszystko od góry do dołu i kilka rzeczy im umknęło.

…traktat o anatomii, który nie uwzględnia pewnych części ciała, jest jak streszczenie Pisma Świętego na trzech stronach formatu A4 z dwudziestoma pięcioma ilustracjami.

…dla mnie absynt…

…żeby wielmożni państwo to zrozumieli, przedstawię wielmożnym państwu pewien obraz.

…absynt jest dla mnie jak podręcznik anatomii, w którym nie brakuje ani jednej części ciała.

…to tak, jakby się było chronionym od góry i od dołu, i z wszystkich innych stron również.

…a zatem niech żyje król, kości oraz absynt!

…myślę, że to całkiem niezłe streszczenie.

Kichnięcie

– Muchy nieustannie umywają ręce jak Piłat – zauważył pan Henri.

...czy wielmożni państwo wiedzą, kim był Piłat? Był człowiekiem, który umywał ręce jak muchy.

...żartuję.

...widzieliście kiedyś, jak muchy pocierają sobie nieustannie jedną łapkę o drugą?

...przypominają bogacza, który właśnie przeliczył wszystkie swoje banknoty.

...problem much sytuuje się na poziomie erudycji – powiedział pan Henri.

...muchy nie mają swojej mowy, ponieważ nie mają biblioteki, bo gdyby miały bibliotekę, miałyby też erudycję.

...erudycja jest pewną odmianą mowy, taką samą jak nasza, tyle że jej nie rozumiemy.

...ja jestem wielkim erudytą, jednak kiedy wchodzę do tej zakorkowanej biblioteki, zostawiam erudycję przed drzwiami i przeistaczam się w alkoholową bestię.

...ten lokal ma więcej much niż Piłat dzieci.

...a Piłat, sądząc po imieniu, musiał mieć ogromną liczbę dzieci.

...mężczyzna o imieniu Piłat na każdym zrobi wrażenie.

...wiem, że żaden tam ze mnie Piłat, jednak mam swoje zalety.

...to najbardziej wyrafinowane poczucie humoru.

...najtrudniej mieć poczucie humoru w sprawach seksu i nie ranić przy tym niczyjej wrażliwości.

…jedną z moich zalet jest właśnie poczucie humoru, które nie rani niczyjej wrażliwości.

…zraniona wrażliwość to bardzo poważna sprawa.

…zraniona wrażliwość goi się z wielkim trudem.

…a Lapończycy wierzyli, że głośne kichnięcie może zabić – powiedział pan Henri.

…Lapończycy wierzyli, że głośne kichnięcie może zabić osobę, która kicha, ale myślę, że gdyby byli świadkami kichnięcia, które wasza ekscelencja właśnie zademonstrowała, zmieniliby zdanie.

…takie kichnięcie może zabić innych.

…to jak dostać z całej siły w głowę czyimiś płucami.

…kichnięcie, które wasza ekscelencja właśnie wykonała, jest czymś, czego nie wykonuje się wobec nikogo.

…właśnie dzięki takim upominkom łapiemy choroby zakaźne.

…niech wasza ekscelencja przyjmie do wiadomości, że w średniowieczu kichnięcie jednego człowieka mogło zarazić dżumą całą wioskę.

…niech wasza ekscelencja przyjmie do wiadomości, że nie żyjemy już w średniowieczu, aby wasza ekscelencja w ten sposób kichała.

…niech wasza ekscelencja przyjmie jeszcze do wiadomości, że kichnięcie to, poza tym, że jest odrażające i przenosi choroby, świadczy o olbrzymim braku dobrych manier ze strony waszej strony.

…niech przyjmie do wiadomości, że tylko przez szacunek dla jaśnie wielmożnego właściciela tego lokalu nie wychodzę w tej chwili z tego szacownego lokalu.

…kichnięcie tych rozmiarów jest gorsze niż klątwa rzucona przez czarownicę.

…takie kichnięcie musi nieść ze sobą więcej chorób, niż znajduje się w podręczniku medycyny.

…niech wasza ekscelencja przyjmie do wiadomości, że taki gest dowodzi braku kultury i biblioteki u waszej ekscelencji.

…tego rodzaju kichnięcie może wydać z siebie tylko niepiśmienny analfabeta, społeczny pasożyt, który wybiera sobie szacowne lokale, aby rozsiewać w nich swój zabójczy jad i tym sposobem podkopywać powoli ten solidny gmach, jaki stanowi nasze społeczeństwo.

…niech wasza ekscelencja przyjmie do wiadomości, że zamierzam natychmiast wypić kolejny kieliszek absyntu, aby wypalić te wszystkie demony, które wasza ekscelencja cisnęła w nas owym artyleryjskim kichnięciem, bez krztyny litości, niczym średniowieczny kat.

…czy wasza ekscelencja wie, że w średniowieczu kaci używali masek, aby ich potem nie rozpoznano i aby nikt się na nich nie mógł zemścić? Czy wie, że w dzisiejszych czasach kaci już nie muszą używać masek i jeszcze otrzymują stałe uposażenie od państwa?

…wasza ekscelencja powinna wiedzieć, że owo państwo to największy wstyd dla naszego kraju, jako że nie chroni takich lokali jak ten, lokali, które rozprowadzają kulturę po całym ciele, tak jak to robi porządny kieliszek absyntu!

…niech wasza ekscelencja przyjmie do wiadomości, że jest hipokrytą, i od dnia dzisiejszego niech się słowem do mnie nie odzywa.

…poproszę o rachunek, drogi komandorze, i od razu proszę mi wybaczyć moje zdenerwowanie, jednak prześwietny kierownik ma tutaj na salonie kilku intruzów niegodnych szlachetnej posadzki, którą depczą.

…ogólne dobranoc, moi panowie, a panu zła noc, drogi nieprzyjacielu.

…i niech pan nie zapomni, że jestem jak słonie: nigdy nie zapominam i nie spocznę, dopóki nie przygniotę pana moim ciężarem.

…i niech pan przyjmie do wiadomości, że słonie mają zęby, a nie rogi.

…wasza ekscelencja jest, poza wszystkim innym, ignorantem.

…wasza ekscelencja nic zapewne nie wie o właściwościach mrówek, a co dopiero o słoniach.

…niech wasza ekscelencja znika z mojej atmosfery, bo wasza ekscelencja zaraża nawet chore bakterie.

…wasza ekscelencja ma więcej jadu niż rodzina skorpionów i więcej niż zgromadzenie polityków, niekoniecznie w tej kolejności.

…wasza ekscelencja nie umie nawet pić z godnością.

…wasza ekscelencja jest pomyłką natury, jak również tragiczną pomyłką tego jakże cudownego dnia, który Nasz Pan był łaskaw nam zesłać.

…wasza ekscelencja źle wpływa na słońce.

…wasza ekscelencja jest gorsza niż zwierzę.

…i niech wasza ekscelencja przestanie milczeć, bo mnie to denerwuje.

…wasza ekscelencja jest durniem, tyle powiem.

…dureń, ni mniej, ni więcej.

…a rankiem proszę nie zapomnieć parasola, bo ma padać.

…wasza ekscelencja nie wierzy w Boga i nie umie pić absyntu.

…traci panowanie nad sobą.

…i nie wierzy w Boga, dobrze o tym wiem.

…nie umieć pić absyntu z klasą to grzech.

…absynt trzeba szanować.

…nie pije się go tak, jak pan to robi.

…wasza ekscelencja jest agnostykiem we wszystkich kierunkach.

…założę się, że wasza ekscelencja nawet z żoną jest agnostykiem.

…żartuję sobie z pana. Wasza ekscelencja nie rozumie mojego poczucia humoru, pan jest niepiśmiennym analfabetą i imbecylem.

…powiem jeszcze dosadniej: wasza ekscelencja nie umie pić.

…wasza ekscelencja nawet nie wie, co to znaczy agnostyk.

…wasza ekscelencja się irytuje, traci kontrolę.

…do jutra wszystkim tu obecnym, i tyle.

…wasza ekscelencja jest przygłupem.

…tak się nie kicha nawet w Chinach! – powiedział pan Henri.

Kwintesencja

Po dłuższej chwili ciszy pan Henri powiedział:
– Będę tu dzisiaj siedział, ale nie wygłoszę ani jednego słowa.

...od dnia dzisiejszego będę redukować moje rozprawy do samej kwintesencji, zauważyłem bowiem, że w lokalu tym nie ceni się należycie moich uczonych wywodów.

...od dnia dzisiejszego będę otwierać usta tylko po to, aby zamówić kolejny absynt, a o innych rzeczach nie powiem już nic, ponieważ w gruncie rzeczy jesteście, wielmożni państwo, zgrają pijaków.

...od dzisiaj wyłącznie kwintesencja.

...i tyle, jeśli chodzi o informacje.

...jeszcze jeden absynt, ekscelencjo – poprosił pan Henri.

PAN BRECHT

Spis treści

Mimo że sala była praktycznie pusta, pan Brecht zaczął opowiadać swoje historie.

Przyjemny kraj

Był raz kraj, w którym żyło się bardzo przyjemnie, jednak jego mieszkańcy byli tak leniwi, że kiedy prezydent rozkazał im bronić granic, oni tylko ziewali. No i zostali najechani.

Najeźdźcy też się wkrótce rozleniwili i kiedy pewnego dnia nowy prezydent rozkazał poddanym, aby bronili granic, wszyscy tylko ziewali. Znowu zostali najechani. Przez przybyszów z innego kraju.

Po raz kolejny najeźdźcy popadli w lenistwo i kiedy nowy prezydent rozkazał poddanym, aby bronili granic, wszyscy tylko ziewali. Ponownie zostali najechani. Kraj stawał się coraz gęściej zaludniony.

Sytuacja powtarzała się tak długo, aż wszystkie ludy — nawet te, które pochodziły z drugiej strony globu – najechały już ten kraj, a potem same zostały najechane. W żadnym innym miejscu na ziemi nie było już ludzi: wszyscy skupili się w tym przyjemnym kraju.

Wówczas nowy prezydent zarządził inwazję reszty świata, ponieważ świat był kompletnie pusty, a więc zdany na jego łaskę. Ale wszyscy poddani tylko ziewali.

A wtedy on (niczego nie zauważywszy) ruszył samotnie do ataku.

Bezrobotny z dziećmi

Powiedzieli mu: „Zatrudnimy cię tylko pod warunkiem, że dasz sobie obciąć rękę".

Był bezrobotny od bardzo dawna; miał dzieci, zgodził się.

Potem dostał wymówienie i znowu szukał pracy.

Powiedzieli mu: „Zatrudnimy cię tylko pod warunkiem, że dasz sobie obciąć tę rękę, która ci pozostała".

Był bezrobotny od bardzo dawna; miał dzieci, zgodził się.

Potem dostał wymówienie i znowu szukał pracy.

Powiedzieli mu: „Zatrudnimy cię tylko pod warunkiem, że dasz sobie obciąć głowę".

Był bezrobotny od bardzo dawna; miał dzieci, zgodził się.

Śpiewak

Ptak został postrzelony w prawe skrzydło, wskutek czego zaczął latać ukośnie.

Później został postrzelony w lewe skrzydło i uznał, że należy przestać latać. Przestawił się na chodzenie po ziemi na dwóch łapkach.

Później kula trafiła go w lewą łapkę, wskutek czego zaczął chodzić ukośnie.

Kilka tygodni później kolejna kula trafiła go w prawą łapkę i ptak stracił możność chodzenia.

Od tej chwili poświęcił się piosenkom.

Źle wychowany człowiek

Źle wychowany człowiek nie zdejmował kapelusza w żadnej sytuacji. Ani wobec pań, kiedy go mijały, ani podczas ważnych spotkań, ani w kościele.

Stopniowo ludność zaczęła nabierać wstrętu wobec niedelikatności tego człowieka, aż po kilku latach agresja otoczenia sięgnęła zenitu: człowieka skazano na gilotynę.

W dniu egzekucji umieścił głowę na szafocie, jak zwykle odziany dumnie w kapelusz.

Wszyscy czekali. Ostrze gilotyny opadło i głowa potoczyła się na bok.

Mimo to pozostał na niej kapelusz.

Wówczas ludzie zbliżyli się, aby wreszcie ściągnąć go temu źle wychowanemu człowiekowi. Ale nie dali rady.

To nie był kapelusz, tylko sama głowa, która miała taki dziwny kształt.

Piszczące koty

Kot, który piszczał jak szczur, wykorzystywał swoją niezwykłą właściwość, aby wprowadzać szczury w błąd. Szczury były przez niego najpierw nabierane, a potem zjadane, jeden po drugim.

Jednak pewnego dnia inny kot, wprowadzony w błąd piskami, zjadł rzeczonego piszczącego kota, fundując sobie posiłek tak obfity, że bardzo długo nie mógł o nim zapomnieć. Takiego szczura jeszcze w życiu nie widziałem – opowiadał swoim miauczącym kolegom.

Ogród

W ogrodzie rosło dwadzieścia pięć drzew. Dwadzieścia cztery były malutkie, a jedno olbrzymie: jego pień był gruby i dumny, a korona niemal sięgała nieba. Kiedy ogród oglądało się z góry, można było odnieść wrażenie, że rośnie w nim tylko jedno drzewo.

Jednak drzewo to rosło tak niepohamowanie, że jego owoce albo były zjadane w górze przez ptaki, albo spadały, uderzając w ziemię z ogromną siłą, niczym prawdziwe bomby.

Ponieważ właściciel ogrodu nie miał z tego drzewa żadnego pożytku, a spadające z niego owoce z każdym dniem niosły ze sobą coraz większe zagrożenie, postanowił je ściąć.

Jeśliby teraz ktoś zobaczył ogród z góry, odniósłby wrażenie, że się powiększył – można było wyraźnie dostrzec dwadzieścia cztery drzewa.

Zmiany

Była manikiurzystką w zakładzie fryzjerskim. Po wielkich zmianach, jakie zaszły w kraju, postanowiła wykorzystać swoje doświadczenie zawodowe i została urzędniczką państwową, która obcina palce przestępcom.

–

Katastrofa morska

Jedynie hipopotam i jego właściciel uratowali się z katastrofy morskiej, skacząc w porę do małej szalupy.

Człowiek zarabiał dzięki hipopotamowi na życie, więc kiedy szalupa zaczęła się przechylać na stronę, gdzie siedziało zwierzę, człowiek przestraszył się, że pójdzie ono na dno. Aby nie dopuścić do tego, by drobna łódź całkowicie straciła równowagę, człowiek odciął kawałek hipopotama i zjadł go, co miało sens również i dlatego, że zaczynał odczuwać głód. Mały kawałek odjęty hipopotamowi sprawił, że szalupa odzyskała równowagę między dwiema stronami, niczym waga. Ale nie na długo. Ponownie szalupa po stronie hipopotama zaczęła iść pod wodę. Pomimo kawałka, który mu odcięto, nadal był cięższy od swojego właściciela. Człowiek postanowił więc zjeść kolejny kawałek hipopotama. Zrobiwszy to, przyjrzał się łodzi i stwierdził, że to nie dosyć: odciął jeszcze jeden kawałek hipopotama i zjadł go. Łódź odzyskała równowagę.

Podróż trwała jeszcze kilka tygodni, a człowiek co sześć godzin był zmuszony odcinać kolejny kawałek zwierzęcia.

Prawdopodobnie nie było to idealne rozwiązanie, ale nie mógł ryzykować utraty hipopotama.

Projekty

Las rozrastał się powoli od wielu stuleci, aż przyszedł pewien człowiek i przedstawił swój projekt.

Przez trzy dni ścinano drzewa.

Czwartego dnia odpoczywano.

Rok później przyszedł następny człowiek, spojrzał na to, co było teraz polaną, i powiedział:

– Brakuje tutaj drzew.

Przez trzy kolejne dni sadzono drzewa.

Czwartego dnia odpoczywano.

Po dwunastu latach las był taki jak dawniej.

Wtedy przyszedł następny człowiek.

Przerwa

Bardzo stary człowiek, niemal ślepy, sklerotyczny, który trząsł się i ledwo chodził, potknął się i upadł, trafiając sercem na sterczące ostrze noża.

Przed śmiercią zdołał jeszcze powiedzieć: „I właśnie teraz, gdy…"

Estetyka

Gruba kobieta, która chciała stracić na wadze, przyszła do lekarza i powiedziała:

– Proszę mi obciąć nogę.

Usterka

Wskutek niezrozumiałego zwarcia prąd nie poraził siedzącego na krześle przestępcy, tylko funkcjonariusza, który opuścił drążek.

Ponieważ usterki nie zdołano usunąć, przy kolejnych okazjach to urzędnik państwowy siadał na krześle elektrycznym, a przestępcy zlecano opuszczenie śmiercionośnego drążka.

Diamenty

W królestwie tym z gałązek krzewów zamiast winogron sypały się na ziemię diamenty.

– Diamenty, diamenty i diamenty! Bywają lata, że są tylko one i nic innego! – skarżył się hodowca.

Wdowa

Zmierzył nieboszczyka i potwierdził fakt: śmierć skróciła mu nogi. Reszta ciała pozostała taka sama, ale nogi skróciły się o piętnaście centymetrów, i to w ciągu zaledwie dwóch godzin.

Później proces nabrał tempa.

Nazajutrz nieboszczyk składał się już tylko z nowych czarnych butów i głowy.

Żona denata nie posiadała się z irytacji. Nie mogła przestać myśleć o pieniądzach wydanych na olbrzymią trumnę z drewna.

– Moje drewno, moje kochane drewno! – szeptała, kiedy nikt jej nie słyszał.

W dniu pogrzebu wdowa nie mogła już dłużej wytrzymać i w obecności całej rodziny wybuchnęła płaczem, czepiając się drewnianej trumny.

Poeci

Poeci, stojący w olbrzymiej kolejce, która wychodzi już za róg następnego kwartału, wykorzystują chwile oczekiwania, wypełniając uważnie formularz.

Kiepski interes

Zaczęli obdzierać świnię ze skóry, aby ją zjeść.

Tuż przed śmiercią zwierzę szepnęło: „Nie-jestem--świnią-jestem-człowiekiem".

Małżeństwo padło na kolana i wybuchnęło płaczem.

– Ta świnia mówi. Ależ byłaby dochodowa!

Nieznajomy

Do chóru przyjęto nowego śpiewaka, jednak upierał się on, żeby śpiewać solo piosenkę, której nikt inny nie znał.

Dyrygent, zwolennik integracji wszystkich podopiecznych, pełen dobrej woli poprosił nowego członka chóru, aby nauczył ich piosenki.

Ale piosenka napisana była w języku, którym nie władał żaden z członków chóru.

Człowiek wyjaśnił, że po to, aby mogli ją z nim zaśpiewać, muszą się najpierw nauczyć tego języka, bo tylko w ten sposób przyswoją sobie całkowicie znaczenie każdego słowa piosenki. Człowiek zaczął więc uczyć języka innych członków zespołu, przechodząc od zasad gramatyki i zagadnień etymologicznych do poprawnej intonacji.

Po upływie dwóch lat członkowie zespołu potrafili wreszcie zaśpiewać tę piosenkę w języku, którego się z takim mozołem nauczyli.

Zrobili wiele prób. Członkowie chóru byli pełni entuzjazmu. Wyznaczono datę premiery, ale człowiek się nie pojawił.

I nigdy więcej go w mieście nie widziano.

Stanowcze środki

Rząd korygował zaburzenia równowagi społecznej, umieszczając po bokach każdego biedaka dwóch strażników.

Bunt

Dla króla sprawą zasadniczą było, aby wszyscy poddani byli zadowoleni.

Kiedy pojawił się ten nieprawdopodobnie szczęśliwy cudzoziemiec z sześcioma palcami u każdej ręki, król rozkazał, aby królewscy chirurdzy przeszczepili każdemu obywatelowi dodatkowe palce. I aby chirurdzy zrobili to samo sobie nawzajem. Nikt nie będzie zazdrościł temu cudzoziemcowi sześciu palców.

I tak zrobiono. Wszyscy mieli teraz po sześć palców u każdej ręki.

Rok później zjawił się inny cudzoziemiec – o jeszcze szczęśliwszym wyglądzie – który miał po siedem palców u każdej ręki.

Król ponownie rozkazał, aby królewscy chirurdzy przeszczepili każdemu obywatelowi dodatkowe palce. I tak zrobiono.

Rok później cudzoziemiec z ośmioma palcami u każdej ręki, nieustannie demonstrujący swoje wielkie szczęście, spowodował kolejny przeszczep generalny: ósmego palca.

Rok później: cudzoziemiec z dziewięcioma palcami. Jeszcze szczęśliwszy.

Ta sama operacja. Wszyscy mieszkańcy królestwa mieli odtąd po dziewięć palców u każdej ręki. W sumie osiemnaście.

I wtedy – jakiś rok później – zjawił się cudzoziemiec z twarzą tak szczęśliwą, że nikt nigdy podobnej nie widział, i z pięcioma palcami u każdej ręki.

Po chwili wahania król rozkazał chirurgom, aby obcięli każdemu obywatelowi po cztery palce u obu rąk.

Pojawił się jednak pewien problem. Dziewięć palców u rąk chirurgów nie potrafiło już operować: palce plątały się. Teraz nie było wyjścia: wszyscy musieli pozostać z dziewięcioma palcami u każdej ręki.

Ponieważ król nie potrafił obdarzyć ludności pięcioma palcami na wzór owego szczęśliwego cudzoziemca, wybuchł bunt i króla obalono.

Postęp

Ślimaki brały udział w wyścigu na sto metrów. Dziecko zaczynało biec dokładnie w tym miejscu, w którym umierała jego mama. Żeby ukończyć wyścig, trzeba było co najmniej dziesięciu pokoleń.

Ponieważ tyle im to zajmowało czasu, po przybyciu na metę już tam zostawały.

Za wcześnie

Wojna wybuchła, zanim jeszcze przygotowano mapy. Wskutek nieuwagi cały oddział – z tysiącami żołnierzy, działami i czołgami – wjechał w ślepą uliczkę.

Wolność wyboru

Była raz księgarnia, która sprzedawała tylko jedną książkę. A miała sto tysięcy ponumerowanych egzemplarzy tego samego tytułu. Tak jak w każdej innej księgarni klienci długo przeglądali towar, nie mogąc się zdecydować, który numer wybrać.

Piękno

W jednym mieście pojawiła się pewnego dnia tęcza i nie chciała zniknąć. Przez cały rok widniała w tym samym miejscu na niebie. Stała się nudna.

Wreszcie pewnego dnia tęcza znikła i niebo stało się jednostajnie ciemnoszare. Rozentuzjazmowane dzieci z tego miasta wskazywały na szare niebo i krzyczały do siebie:

– Patrzcie, jakie piękne!

Perfekcjonizm

Ptak został zestrzelony. Właśnie przelatywał nad granicą.

Znaczenie filozofów

Filozof wyjaśniał, że tylko ludzie są ważni, podczas gdy zwierzęta spełniają wyłącznie funkcje pozbawione znaczenia.

Wówczas pojawił się tygrys i pożarł filozofa, podważając kłami słuszność przedstawionej właśnie teorii.

Niebezpieczeństwo kultury

Kura tak dużo myślała i była tak uczona, że nabawiła się ostrego zaparcia i przestała znosić jajka. Zabito ją następnego dnia.

Zamek

Król ten, jak wszyscy inni królowie, posiadał zamek oraz liczne wojska. Jedyny problem polegał na tym, że jego zamek był bardzo mały: nie więcej niż dziesięć metrów na dziewięć. Ogromna liczba żołnierzy, król, królowa, księżniczka, biskup oraz doradcy – wszyscy żyli w tym zamku w maksymalnym ścisku, nie będąc nawet w stanie poruszyć łokciem. Nic więc dziwnego, że król dzień w dzień wydawał rozkazy atakowania innych królestw.

Śmierć w L.

Był raz koń, który poruszał się dokładnie tak jak konie szachowe.

Dwa kroki do przodu i jeden w bok.

Kończył każdy wyścig pięć godzin po wyjściu ostatniego widza.

Nie ulegało wątpliwości, że nie nadaje się na wyścigi, a był zbyt duży, żeby można go było wpuścić na szachownicę o przepisowych wymiarach.

Właściciel musiał go zastrzelić.

Zwierzę wykazywało oporność. Trzeba było trzech strzałów. Dwóch do przodu, jednego w bok.

Przyjaciel

Był raz pewien młodzieniec o bardzo biernym podejściu do życia. Godził się na wszystko, co kazali mu przełożeni. Drażnił ich jednak, ponieważ był lizusem.

Obcięli mu język: przestał się podlizywać.

Potem obcięli mu palce. Przestał pisać teksty pochwalne.

Aż któregoś dnia zaczął bić głową w stół, mówiąc alfabetem Morse'a do swoich przełożonych:

– Jeszcze jeden taki numer i stracicie przyjaciela.

Turyści

Biuro podróży pomyliło się i turyści wylądowali w samym środku wojny.

Świeciło słońce, a skoro już mieli kremy do opalania i kostiumy kąpielowe, rozsiedli się na hotelowych tarasach, wystawiając ciała na cieplutkie promienie, podczas gdy wokół rozbrzmiewały odgłosy bomb i wystrzałów.

Skoro już mieli mapy i plan miasta, postanowili zrobić kilka wycieczek i zwiedzić ruiny budynków, porównując je z nieaktualnymi informacjami w przewodniku turystycznym.

Skoro już mieli na szyjach aparaty fotograficzne, postanowili zrobić zdjęcia zwłokom zaściełającym ulicę.

Wartownik

Był raz głuchy człowiek, którego wykorzystywano jako wartownika, ponieważ generał uznał, że z racji swojej przypadłości człowiek ten będzie się mniej rozpraszał niż inni. Sytuacja przedstawiałaby się idealnie, gdyby wartownik, poza tym, że głuchy, był jeszcze pozbawiony zmysłu węchu, smaku i dotyku, aby jego uwagi nie zaprzątały żadne inne sprawy niż pilnowanie granic państwa – myśleli stratedzy.

– Problem z nim jest taki, że, prócz pilnowania granic, je – mawiano czasem po cichu oskarżycielskim tonem.

Sprawa strzeżenia granic stała się jeszcze pilniejsza. Pewnego dnia generał zadecydował: wartownik nie dostanie już ani jednego kawałka chleba! Musi się skupić na patrzeniu, nie może przestawać patrzeć!

I tak się stało.

Minęło kilka tygodni i kraj najechali nieprzyjaciele – niedługo po tym, jak czujny wartownik umarł z głodu.

153

Spokój

Człowiek myślący nieustannie o swoich problemach i o sposobach ich rozwiązania szedł ulicą i nagle znalazł monetę.

– Dzięki niej rozwiążę jeden z moich problemów – powiedział z zadowoleniem.

Kilka kroków dalej znalazł drugą monetę.

– Dzięki niej rozwiążę mój drugi problem.

Jeszcze parę kroków, i na ziemi znów leży moneta.

– To mój szczęśliwy dzień! – wykrzyknął. – W ten sposób rozwiążę mój trzeci problem.

Szedł dalej i co jakiś czas znajdował monety. Na widok każdej z nich radował się:

– Będę mógł rozwiązać następny z moich problemów!

Jakiś czas później, po podniesieniu kolejnej monety i umieszczeniu jej w kieszeni, wykrzyknął:

– W mojej kieszeni nie ma miejsca na więcej monet, ale mam ich już dostatecznie dużo, aby rozwiązać wszystkie moje problemy! Wreszcie będę miał spokój – szepnął z ulgą.

Jednak parę metrów dalej leżała kolejna moneta.

Prezydent

Malarz, który nie radził sobie z kolorami, ale świetnie wymachiwał pędzlem, został wybrany na dyrygenta orkiestry.

Wyboru dokonał prezydent miasta, który był kompletnie głuchy, ale cenił sobie precyzyjne gesty malarza. Była to jedyna decyzja, jaką podjął podczas całego swojego urzędowania.

Prezydenta wybrano, ponieważ był bardzo niezdecydowany, dzięki czemu przynajmniej nikomu nie wadził. Kiedy jednak obywatele usłyszeli pierwszy koncert orkiestry, zbuntowali się.

– Niech dyrygent dostanie znów ramy i płótno! – krzyknął ktoś.

Prezydent, zadowolony z podjęcia pierwszej od czterech lat decyzji, uznał, że obywatele krzyczą „Bis!", i postanowił kandydować na drugą kadencję.

Pomimo wysłuchanej muzyki obywatele wybrali go ponownie.

Sprawiedliwość

Dwóm braciom bliźniakom, którzy byli bardzo o wszystko zazdrośni i każdą rzecz zawsze dzielili między siebie po połowie, co do milimetra, ponieważ ponad wszystko cenili sobie sprawiedliwość, pewnego dnia urodziło się we wspólnym gospodarstwie osobliwe zwierzę.

Przednia połowa tego zwierzęcia należała do osła, a tylna do konia. Ponieważ bliźniacy byli przekonani, że tylne nogi (końskie) są znacznie szybsze niż przednie (ośle), każdy z nich chciał dosiadać tylnej części zwierzęcia, część przednią zostawiając bratu. Obaj wiedzieli, że w przypadku każdej podróży pierwszy dotrze do celu ten, który jedzie na szybszych nogach.

Ponieważ żaden z nich nie chciał zrezygnować z uprzywilejowanej pozycji, postanowili dla równowagi amputować zwierzęciu jedną nogę. Dzięki temu jeden będzie dosiadać jednej nogi końskiej, a drugi dwóch oślich. I tak zrobili. Kiedy jednak ponownie przyjrzeli się zwierzęciu, nie mogli dojść do porozumienia.

Nie bardzo wiedzieli, która pozycja jest korzystniejsza – w każdym razie pewne było, że ciało zwierzęcia nie zachowuje równowagi, a żaden z braci nie chciał być pokrzywdzony. Aby sprawiedliwości stało się zadość, musieli amputować dalej.

Sztywność szyi

Żona króla, która lubiła przechadzać się po królestwie, sprawdzając, jak idą sprawy, pewnego dnia nabawiła się drobnej sztywności szyi, uniemożliwiającej jej kręcenie głową. Ponieważ stan szyi królowej nie poprawiał się, król rozkazał, aby wszystko w kraju funkcjonowało na okrężnych torach przed pałacowym tarasem.

Labirynt

Miasto zainwestowało cały budżet w budowę imponują-
cej katedry. Złoto, rzeźbione kamienie, sklepienia malowa-
ne przez najwybitniejszych artystów stulecia.

Aby uczynić katedrę jeszcze cenniejszą, postanowiono
utrudnić do niej dostęp. To, co można osiągnąć z łatwością,
traci na wartości – główkował z wysiłkiem polityk odpowiedzialny za projekt.

Zbudowano więc labirynt, którego przejście było jedynym sposobem dotarcia do katedry. Labirynt wykonano tak
znakomicie, że nikomu nigdy nie udało się go przejść.

Labirynt stał się wielką atrakcją turystyczną miasta.

Kotek

Był raz pewien kot, który co wieczór kładł się u nóg swego pana i wylizywał mu swoim małym języczkiem buty.

Przezwyciężając nieśmiałość i obawy natury higienicznej, któregoś dnia człowiek postanowił rozebrać się od pasa w dół, aby sprawdzić, czy kot wyliże mu nogi, tak jak to robił z butami.

A wtedy tygrys, który przez długie lata występował w przebraniu kota, uznał, że jego chwila nadeszła, i zamiast lizać – zjadł.

Fałszerz

Człowiek, który całe życie fałszował obrazy, w pewnym momencie zaczął tracić wzrok. Był uzależniony: zaczął fałszować utwory muzyczne.

Kiedy umarł, wzięli go w kostnicy za kogoś innego.

Pytanie

W dniu, kiedy prezydent przekonał ludność, że należy za wszelką cenę bronić ojczyzny, zaczynając od inwazji sąsiedniego kraju, otóż w tym samym dniu, podczas zgromadzenia generalnego, zrzeszającego najznamienitszych obywateli, już po podjęciu decyzji o inwazji, pewien człowiek, który był uważany za największego imbecyla w mieście, nigdy nie chodził do szkoły, był analfabetą i nigdy nie wypowiedział ani jednego sensownego zdania, podniósł rękę, prosząc, aby pozwolono mu zadać pytanie.

W całym zgromadzeniu rozległa się wówczas wielka wrzawa i niczyjej uwagi nie uszła przerażona twarz prezydenta.

Oczywiście nikt nie pozwolił, aby w tak doniosłej chwili imbecyl zadał to pytanie.

Strach

Pewien człowiek, który panicznie bał się wszystkich pełzających stworzeń, w końcu postanowił zamieszkać na szczycie bardzo wysokiej góry.

Artysta

Artysta obraził znajomego chirurga, twierdząc, że ratuje jedynie ciało, podczas gdy on, jako artysta, ratuje duszę.

Pewnego dnia artysta miał wypadek, znalazł się w szpitalu i został uratowany przez chirurga.

Kilka lat później chirurg doznał zapaści podczas rozmowy z artystą. Ponieważ artysta nie znał się na udzielaniu pierwszej pomocy, przyjaciel umarł mu na rękach.

Zmarłego pochowano razem z cennym obrazem artysty, co bardzo wzruszyło wszystkich obecnych.

Cięższe przestępstwo

Każdy obywatel, który nie potrafił honorować stopni wojskowych, skazywany był na sześć lat więzienia. A każdy obywatel, który by zamordował innego obywatela, skazywany był na dwadzieścia lat więzienia.

Morderca, widząc, że świadkiem jego zbrodni jest generał, postawił wszystko na jedną kartę i zawołał:

– Pan jesteś szeregowcem!

Podziałało.

Ponieważ sędziowie karali zawsze za cięższe przestępstwo, człowieka skazano na sześć lat więzienia.

Marynarka

Ponieważ wierzył, że w jego marynarce kryje się anioł stróż, nigdy jej nie zdejmował.

Kiedy chciano go powołać do wojska przed ważną bitwą, od razu się zgodził, pod warunkiem, że będzie mu wolno walczyć w marynarce. Marynarka kryje w sobie anioła stróża – wyjaśnił.

Rzecz jasna, generalicja nie wyraziła zgody. Nikt nie będzie walczyć bez munduru. Człowiek w marynarce nalegał, ale nic nie wskórał. Nie zwerbowano go. Został w domu.

Wszyscy żołnierze, którzy wzięli udział w bitwie, zginęli.

Poezja

Zbudowano więzienie, ogradzając je siatką – gdzie wśród zwojów drutu kolczastego umieszczono jedne z najpiękniejszych wierszy wiodących poetów kraju.

Ta siatka z wierszy, otaczająca całe więzienie, była elektryczna: kto jej dotykał, padał śmiertelnie rażony prądem.

Składnia

Błędy składniowe tekstu, który skazywał pewnego człowieka na karę śmierci, uczyniły tego człowieka nowym królem.

Ten nowy król, którego składniowy detal uratował przed wyrokiem śmierci, postanowił posłużyć się innymi środkami, aby doprowadzić do powieszenia poprzedniego króla. Chcąc uniknąć napisania choćby jednej linijki, przemówił. Ale źle się wyraził. Powiesili go najbliżsi podwładni, posłuszni jego słowom.

Wahanie

Człowiek stojący na środku schodów od kilku dni wahał się, czy ma wchodzić, czy schodzić. Mijały lata, a człowiek wciąż się wahał: wchodzić czy schodzić?

Aż pewnego dnia schody runęły.

Człowiek

W pewnym kraju pojawił się człowiek o dwóch głowach. Uznano, że jest potworem, a nie człowiekiem.

W innym kraju pojawił się człowiek, który był zawsze szczęśliwy. Uznano, że jest potworem, a nie człowiekiem.

Mistrz

Największy mistrz w mieście chciał narysować koło, ale pomylił się i w efekcie wyszedł mu kwadrat.

Polecił uczniom skopiować swój rysunek.

Skopiowali, ale przez pomyłkę wyszło im koło.

Wstyd publiczny

Oddział dziesięciu tysięcy żołnierzy staje zafrapowany przed równaniem wypisanym olbrzymimi liczbami na murze wrogiej twierdzy.

Oddział wysila się, aby rozwiązać równanie. Słychać wrzawę dziesięciu tysięcy ludzi, obmyślających i komentujących ewentualne sposoby. Nikomu jednak nie udaje się rozwiązać tego równania.

Przygnębiony oddział robi powoli w tył zwrot i dziesięć tysięcy żołnierzy, wlokąc broń po ziemi, wraca ze wstydem do swojego kraju.

Mędrcy

Kura odkryła w końcu sposób na rozwiązanie głównych problemów miasta ludzi. Przedstawiła swoją teorię największym mędrcom. Nie było wątpliwości: dzięki jej odkryciu wszyscy ludzie będą mogli żyć w spokoju i dostatku.

Po uważnym wysłuchaniu kury siedmiu mędrców miasta poprosiło o godzinę, aby rozważyć konsekwencje tego odkrycia. Udali się na naradę, a kura siedziała w sąsiedniej sali, czekając niecierpliwie na opinię tych przesławnych ludzi.

Na naradzie mędrcy jednogłośnie – i ze świadomością, że to ostatnia okazja – postanowili kurę zjeść.

Po opowiedzeniu ostatniej historii pan Brecht rozejrzał się dookoła. Sala była pełna. Ludzi zeszło się tyle, że zatarasowali drzwi. I jak on teraz stąd wyjdzie?

PAN JUARROZ

Spis treści

Znudzenie

Ponieważ rzeczywistość była dla pana Juarroza materią nudną, przestawał myśleć tylko wtedy, gdy było to nieodzowne. Oto niektóre sytuacje, kiedy zmuszony był przestać myśleć:

– gdy mówiono do niego bardzo głośno,
– gdy go obrażano,
– gdy go popychano,
– gdy musiał posłużyć się w swoim otoczeniu jakimś użytkowym przedmiotem.

Czasami pan Juarroz nie przerywał swoich rozmyślań nawet w opisanych wyżej sytuacjach, wskutek czego ludzie sądzili, że:

– jest głuchy (ponieważ nie słyszał, kiedy mówiono do niego bardzo głośno),
– jest tchórzem (ponieważ go obrażano, a on nie reagował),
– jest wielkim tchórzem (ponieważ go popychano, a on nie reagował),
– jest niezdarą (ponieważ niewprawnie chwytał rzeczy, przez co upadały na ziemię).

Jednak nie był on ani głuchy, ani nie był tchórzem, ani niezdarą. Po prostu dla pana Juarroza rzeczywistość stanowiła materię nudną.

Wymiary świata

Trucizna znajduje się tylko po lewej stronie trującego grzyba – myślał pan Juarroz, który od dawna nie wychodził na dwór, wskutek czego był przekonany, że rzeczywistość ma tylko jeden wymiar, jak rysunek na kartce papieru.

– Zawsze można zjeść tę drugą stronę – mówił.

Szuflada i przydatność

Pan Juarroz uparł się, aby mieć w domu szufladę do przechowywania pustki.

Zwykł nawet wypowiadać takie oto dziwne zdanie:

– Chcę wypełnić tę szufladę pustką.

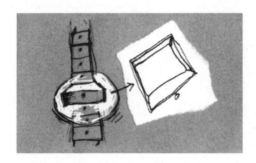

Naturalnie żona pana Juarroza, której coraz bardziej brakowało w domu miejsca, protestowała przeciwko temu, co uważała za „fatalne wykorzystanie metra kwadratowego".

Nie chcąc dopuścić, by jego szuflada została zajęta przez nieciekawe przedmioty, przeistaczając się tym samym w zwykły depozyt, pan Juarroz co jakiś czas otwierał z irytacją szufladę i pokazywał ją swojej żonie, tak jak się pokazuje jakiś skarb.

– Ta szuflada jest kompletnie pusta! – wołała natychmiast żona, jakby chciała przez to powiedzieć: teraz trzeba ją wreszcie zająć.

Jednak pan Juarroz kręcił przecząco głową:

– Jeszcze nie jest kompletnie pusta, trochę brakuje.

– No to poczekajmy jeszcze miesiąc – mruczała z rezygnacją cierpliwa żona pana Juarroza.

Teoria skoków

Drugą częścią skoku wzwyż jest spadanie, ale drugą częścią skoku w dół nie jest wznoszenie się – myślał pan Juarroz.

Jeżeli odbijesz się od ziemi i skoczysz do góry, wrócisz na ziemię, lecz jeśli skoczysz z trzydziestego piętra w dół, prawdopodobnie nie wrócisz już na to piętro.

W każdym razie pan Juarroz z lenistwa używał zawsze windy.

Upadek

Gdybyśmy wzięli pod uwagę fakt, że upadek jest zwykłą zmianą miejsca, przesunięciem pozycji ciała wzdłuż linii pionowej, wówczas przestałby on nas tak przerażać – myślał pan Juarroz.

Upadek ze stumetrowej wysokości i przebiegnięcie stu metrów w parku są w gruncie rzeczy tym samym, tylko zmienia się kierunek ruchu.

A więc problem z upadkiem – myślał pan Juarroz – nie polega na liczbie metrów. Z lewa na prawo i z prawa na lewo – wszystko w porządku. Kiedy jest z góry na dół, wtedy zaczynają się kłopoty.

– Ale to tylko kwestia kierunku – powtarzał pan Juarroz, który, nie zdając sobie z tego sprawy, wchodził właśnie po raz kolejny w ślepą uliczkę.

Przedmiot na dachu

Żona pana Juarroza zaczynała się już irytować.
– Wchodzisz czy nie?!
Jednak pan Juarroz niczego nie słyszał i niczego nie widział, ponieważ myślał o tym, że:

– dzięki wynalezieniu pralki obywatel nie musi prać ubrań ręcznie
– dzięki wynalezieniu telefonu obywatel nie musi przemierzać wielkich odległości tylko po to, aby przekazać jakąś wiadomość
– dzięki wynalezieniu drabiny obywatel nie musi się wdrapywać na górę.

Nazwy i rzeczy

Pan Juarroz, chcąc udowodnić, że nie poddaje się dyktaturze słów, codziennie nadawał rzeczom inne nazwy.

Połowa dnia roboczego mijała mu na przypisywaniu rzeczom nazw.

Czasami to odkrywcze dzieło tak go męczyło, że drugą połowę dnia roboczego poświęcał na odpoczynek.

Kiedy zasypiał, nowe nazwy rzeczy mieszały się w jego snach ze starymi nazwami i czasem pan Juarroz budził się tak zdezorientowany, że wypuszczał z rąk pierwszą rzecz, jaką próbował chwycić; i ta rzecz, której nazwy chwilowo nie znał, rozbijała się na kawałki.

Długa podróż

Ponieważ pan Juarroz lubił czytać, to udając się w długą podróż, umieszczał w walizce sześć egzemplarzy tej samej książki.

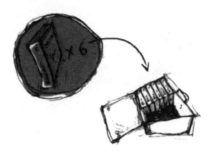

Podróże

Jednak walizka pana Juarroza stawała się tak ciężka, że nigdy nie udawało mu się wyruszyć w podróż.

Pan Juarroz dochodził do wniosku, że i tak nie może zabrać w podróż całego swojego domu, choćby dlatego, że wówczas nie zmierzałby w kierunku nowego miejsca, tylko w kierunku swoich przedmiotów, czyli, w gruncie rzeczy, w stronę własnego domu. Tym samym podróż ta stawała się niepotrzebna, jako że pan Juarroz mógł ponad wszelką wątpliwość stwierdzić, iż znajduje się już we własnym domu.

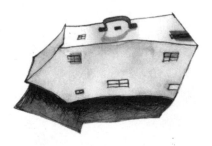

Wobec powyższego pan Juarroz, chcąc odbyć podróż na poważnie, nie mógł zabrać ze sobą niczego: ani jednego przedmiotu. Naprzód, w nieznane – szeptał.

Kiedy był już gotowy do wyjścia z domu, tym razem bez żadnej walizki, zaczynał myśleć o tym, że teraz, pozbawiony wszelkiego zabezpieczenia, przeziębi się albo zgłodnieje, nie mówiąc o narażeniu się na wszelkie inne bolączki egzystencjalne i higieniczne.

Dlatego zawsze w ostatniej chwili postanawiał zostać w domu.

Ciemność

– Światło! Światło!

Gdyby istniała elektryczność odpowiedzialna za pojawianie się ciemności, tak jak istnieje elektryczność odpowiedzialna za pojawianie się światła, możliwości podwoiłyby się, ale podwoiłyby się też comiesięczne opłaty.

Jednak jest w tym coś nieprzyjemnego – myślał pan Juarroz – że wystarczy wyłączyć światło, aby pojawiła się ciemność.

Bo, kiedy gasiłoby się światło, nie zapadałaby tak od razu ciemność, tylko pojawiałby się jakiś stan pośredni.

Wagę przywiązuje się jedynie do tego, co pociąga za sobą koszty: elektryfikacja ciemności i pobieranie za nią opłat wydaje mi się sprawą niecierpiącą zwłoki – pomyślał pan Juarroz na sekundę przed uderzeniem się łokciem w stół.

– Kto, do cholery, wyłączył światło?! – krzyknął z wściekłością.

Brak fizycznych dowodów

Ponieważ tyle było rzeczy do oglądania, nieoglądanie niczego byłoby nieeleganckie. Pan Juarroz zostawał więc w domu i stojąc w oknie, oglądał rzeczy tego świata.

Ponieważ wewnątrz domu można było usłyszeć tylko ciszę, pan Juarroz otwierał okno, aby wpuścić do środka hałasy, w gruncie rzeczy bowiem nie znosił ciszy.

Ponieważ ręce były przede wszystkim narzędziami do dotykania rzeczy, pan Juarroz, stojąc w domu przed otwartym oknem, lubił opierać się lewą ręką o szybę.

Ponieważ jedną z najbardziej ekscytujących cech ludzkich jest zmysł zapachu i smaku, przeto pan Juarroz, kiedy stał w domu przed otwartym oknem, patrząc i słuchając, z lewą ręką opartą o szybę, aby czuć dotyk, lubił jeszcze wtedy wypijać gorącą i aromatyczną kawę.

Pan Juarroz bardzo lubił myśleć. Dlatego gdy stał w domu przed otwartym oknem, opierając się lewą ręką o szybę i popijając gorącą kawę, pogrążał się w myślach, a gdy żona pytała go, co widział i co słyszał za oknem, nie wiedział, co odpowiedzieć, bo niczego sobie nie mógł przypomnieć. I jedynie pusta filiżanka po kawie czegoś dowodziła: rzeczywiście wypił kawę.

Pan Juarroz myślał wielokrotnie, że fizyczność świata byłaby pełniejsza, gdyby rzeczy widziane i słyszane również zostawiały w efekcie pustą filiżankę po kawie, tak aby mógł udowodnić żonie, że nie marnuje czasu, o co go oskarżała. Jednak po tych przemyśleniach nic się nie zmieniało, myśli bowiem też nie zostawiały dowodów.

– Jedynie kawa, jedynie kawa – szeptał.

Cienie

Oczywiste jest, że cień nie nadaje się do ukrywania form – myślał pan Juarroz – lecz nadaje się do ukrywania kolorów. Jeśli jednak ukryjesz w cieniu biały kwadrat, wszyscy cię wyśmieją.

Z drugiej strony, rzecz czarna i płaska pogrążona w cieniu znika, tak jak nurek nurkujący w wodzie.

Na przykład – myślał pan Juarroz – cień jest idealnym miejscem do tego, aby ukryć czarny kwadrat.

Jedynym problemem są kryjówki przemijające – myślał.
– Ale takie są wszystkie kryjówki.
– Wszystkie kryjówki zależą od słońca – szepnął jeszcze zagadkowo pan Juarroz.

Cienie i kryjówki

Oczywiście pan Juarroz wiedział, że ukrywanie się za meblem nie jest tym samym, co ukrywanie się w cieniu. Problem tego ostatniego polega na tym, że nie ma on objętości.

Mimo to pan Juarroz nie mógł wyzbyć się myśli, że w cieniu wysokiej wieży jest się znacznie lepiej ukrytym niż w cieniu lampy naftowej. Nie zostajemy niczym przykryci – myślał pan Juarroz – ale zostajemy tam na dłużej. A zostawanie na dłużej jest inną formą ukrywania się.

– Trzeba przyznać, że formą bardziej męczącą – dodawał pan Juarroz.

Rozwiązywanie praktycznych problemów

Pan Juarroz myślał o tym, że świat jest źle zsynchronizowany, bo z jednej strony istnieją powodzie, a z drugiej ludzie cierpiący pragnienie, kiedy jego uwagę przykuł ostatecznie odgłos kapiącego kranu.

Następnie pan Juarroz długo obserwował kapiące z kranu krople.

Znów zaczął myśleć o tym, że świat jest źle zsynchronizowany, ponieważ w jego domu kapie z kranu, a w innych domach nie.

Potem próbował przypomnieć sobie narzędzie używane do dokręcania kranu i rzeczywiście właśnie tam leżało, z pewnością pozostawione przez żonę po to, aby posłużył się nim stosownie do sytuacji.

Problem na tym polegał, że pan Juarroz nawet po długiej obserwacji tego przyrządu nie był w stanie przypomnieć sobie jego nazwy.

– Nie dotykam rzeczy, których nazw nie znam – mruknął pod nosem pan Juarroz, tak jakby ustanawiał właśnie kolejne przykazanie swojej egzystencjalnej religii.

Postanowił wówczas wyeliminować kapanie z kranu poprzez myślenie, jako że poprzez działanie nie miał szans tego dokonać. Zaczął więc myśleć o muzyce Mozarta, szczególną wagę przywiązując do tego, aby jego utwór zabrzmiał głośniej od utworu rzeczywistości. Udało się.

Biblioteka

Pan Juarroz lubił porządkować swoją bibliotekę według tajnej metody. Nikt nie lubi zdradzać osobistych tajemnic.

Najpierw pan Juarroz uporządkował bibliotekę, kierując się kolejnością alfabetyczną tytułów każdej z książek. Jednak ten system szybko został wykryty.

Potem uporządkował bibliotekę, kierując się kolejnością alfabetyczną pierwszych słów każdej z książek.

To było trudniejsze, ale po jakimś czasie ktoś oświadczył: już wiem!

Następnie pan Juarroz uporządkował bibliotekę według kolejności alfabetycznej tysięcznego słowa każdej z książek.

Zdarzają się na świecie osoby bardzo uparte i właśnie jedna z nich, po długim dochodzeniu, oświadczyła: już wiem!

Wkolejnym dniu pan Juarroz, podejmując grę, rzucił wszystko na jedną szalę i uporządkował bibliotekę na podstawie złożonej progresji matematycznej, która obejmowała porządek alfabetyczny określonych słów oraz twierdzenie Godla.

I teraz, ku zaskoczeniu wielu osób, bibliotekę pana Juarroza zaczęli odwiedzać nie pasjonaci literatury, lecz matematycy. Niektórzy z nich spędzali tam długie wieczory – otwierali książki, czytali wybrane słowa i przeprowadzali długie obliczenia na komputerach, starając się za wszelką cenę znaleźć równanie matematyczne, które mogłoby ujawnić porządek biblioteki pana Juarroza. W gruncie rzeczy chodziło o odkrycie logiki pewnego ciągu, podobnego do:

2|9|30|93

Tak więc minęły dwa, trzy, cztery miesiące, aż nadszedł ten dzień. Wybitny matematyk, pąsowy z podniecenia, ściskając w prawej dłoni gigantyczny notes zapełniony liczbami, oświadczył: już wiem!, po czym przedstawił wzór ciągu, na którym opierał się porządek biblioteki.

Pana Juarroza opanowało zniechęcenie i postanowił wyłączyć się z gry. Dosyć tego!

Nazajutrz poprosił żonę, aby uporządkowała bibliotekę według swojego uznania. On miał już tego po dziurki w nosie.

I tak się stało. Już nikt nigdy nie odkrył logiki, według której uporządkowana została biblioteka pana Juarroza.

Gotująca się woda

Pan Juarroz myślał o tym, że zęby, język i gardło działają razem niczym rzeźbiarze powietrza, przekształcając je w słowa.

Wypowiedzenie najprostszego słowa (jak „pies" lub „stół") implikuje szczegółową „pracę manualną", wykonywaną przez organy i przewody, którymi przemieszcza się powietrze. Gdybyśmy nie byli rzeźbiarzami słów, wytwarzalibyśmy ustami tylko hałas, tak jak gotująca się woda – myślał pan Juarroz.

Nagle pan Juarroz przestał myśleć i nadstawił uszu. Z kuchni rzeczywiście dochodził dziwny dźwięk, przypominający odgłos gotującej się wody.

Pan Juarroz błyskawicznie wstał i pobiegł do kuchni.

No tak, woda znów wyparowała z imbryka do kawy.

Dziesięć minut później po raz trzeci zapomniał o wodzie zostawionej na gazie.

Muzyka

Zagadnienie, które dręczyło w tym momencie pana Juarroza, było następujące: jeżeli muzyka jest w gruncie rzeczy powietrzem podporządkowanym określonemu rytmowi, a wykonywana przez człowieka czynność oddychania składa się z wydychania (czyli wydalania powietrza) i wdychania (czyli połykania powietrza), to czy on, pan Juarroz, wdycha w obecnej chwili tę straszliwą muzykę, graną przez niczego nieświadomy zespół?

Pan Juarroz nie był chemikiem, nie znał dokładnego składu trującego tlenku węgla, jednak z czystej ciekawości przejrzał program koncertu, aby potwierdzić nazwę muzyki, słuchanej przez niego z wielkim cierpieniem.

Ale nazwa tlenku węgla nie figurowała tam. Nie dość, że grają źle – pomyślał pan Juarroz – to jeszcze błędnie zapisali nazwy substancji.

Truciznę nazywają symfonią.

Dwa krzesła

Pan Juarroz myślał o tym, że na świecie zawsze między jedną a drugą rzeczą istnieje przerwa.

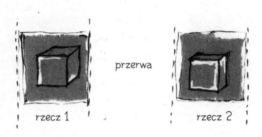

Ale może też istnieć tylko jedna rzecz między dwiema przerwami.

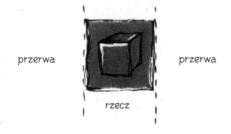

A w takim przypadku przerwy stają się tym, co zasadnicze, a ta konkretna rzecz, z jej objętością i zajmowaną przestrzenią, staje się przerwą.

– Całe miasto można postrzegać jako przerwę między dwiema pustymi przestrzeniami – powiedział pan Juarroz właśnie w momencie, gdy padał na ziemię, ponieważ wskutek rozkojarzenia próbował usiąść na pustej przestrzeni istniejącej między dwoma krzesłami.

Ciało

Mierzenie ciała – myślał pan Juarroz – wymaga akceptacji kłamstwa, ponieważ ciała z definicji nie cechuje długość, tylko głód.

Jak zmierzyć coś, co się nieustannie zmienia? Jak zmierzyć zmianę? – zastanawiał się pan Juarroz.

Tymczasem stojący przed nim lekarz był już bliski rezygnacji.

– To w końcu mogę pana zważyć czy nie?

Proszę mnie zważyć dopiero wtedy, gdy przestanę się zmieniać – miał na końcu języka pan Juarroz. Zaraz jednak przyszło mu do głowy, że wówczas dla medycyny może już być za późno.

– Proszę, proszę – powiedział w końcu pan Juarroz z najwyższą delikatnością.

Wychowanie i natura

Dla pana Juarroza dotknięcie kawałka ziemi było aktem obscenicznym. Było jak podglądanie przez wizjerek rozbierającej się kobiety.

– Dotykanie elementów natury świadczy o braku wychowania – mawiał pan Juarroz.

Nawiasem mówiąc, zmysł dotyku był przez niego uważany za najbardziej ordynarny ze wszystkich.

Dotykanie rzeczy dowodzi nie tylko braku uprzejmości; świadczy też o fiasku myślenia, słuchu, węchu, jak również wzroku.

– Dotykam rzeczy tylko wtedy, gdy poniosę fiasko – powiedział głośno pan Juarroz, wymieniając właśnie energiczny uścisk dłoni z sąsiadem.

Sędzia

Ponieważ pan Juarroz nie był wielkim zwolennikiem uprawiania sportów, zazwyczaj wybierał współzawodnictwo z samym sobą, posługując się czymś, co określał mianem „moich dwóch graczy": myśleniem i pisarstwem.

Urządzał więc rozgrywki, aby sprawdzić, kto jest bardziej twórczy: jego myślenie czy jego pisarstwo.

Według pana Juarroza – który uważał się w tym sporze za sędziego, a więc za osobę obcą i neutralną wobec swojego myślenia i swojego pisarstwa – ostateczne zwycięstwo przypadało zawsze temu samemu zawodnikowi: myśleniu. Jego pisarstwo nigdy nie zdołało być równie oryginalne jak jego rozumowanie.

Niemniej jednak werdykt pana Juarroza wywoływał zawsze gorącą polemikę wewnętrzną, pisarstwo bowiem twierdziło, że ma konkretne, fizyczne dowody swojej kreatywności, w przeciwieństwie do myślenia, które nigdy nie przedstawiło jakiegokolwiek dowodu. W efekcie pisarstwo pana Juarroza zawsze oskarżało go o to, że jest sędzią stronniczym. Krótko mówiąc – szachrajem.

Kino

Kiedy pan Juarroz szedł po zakupy, tak bardzo oczarowywało go bogactwo kształtów i kolorów rozmaitych produktów leżących na półkach, że w efekcie jego koszyk pozostawał pusty.

Tak naprawdę pan Juarroz chodził po zakupy nie po to, aby kupować, lecz po to, aby oglądać.

Nie robił zakupów materialnych – robił zakupy wizualne.

Ponieważ pracownicy supermarketu już go znali, mówili do niego czasem:

– Panie Juarroz, proszę spojrzeć na produkty z najnowszej dostawy. Leżą na ostatniej półce w tamtym rzędzie.

I pan Juarroz, dziękując za informację, natychmiast ruszał niecierpliwym krokiem we wskazanym kierunku.

Jak znaleźć światło

Pan Juarroz wierzył, że można znaleźć punkt intensywnej jasności pośród najciemniejszej nocy.

Ponieważ był zmęczony, poprosił żonę o wykonanie następującego rysunku:

punkt
intensywnej
jasności

Potem przygotował się do wyjścia na poszukiwanie tego świetlistego punktu pośród najciemniejszej nocy.

– A jeśli się potkniesz? – spytała żona.

– Wezmę ze sobą latarkę – odparł z prostotą pan Juarroz.

Prace manualne

Dla analfabety pisanie jest pracą manualną – myślał pan Juarroz. Jest fizyczną pracą, przypominającą lepienie z gliny lub tkanie jakiegoś materiału.

Kopiowanie zdania upodabnia się do kopiowania kształtu jakiegoś naczynia; natomiast analfabeta próbujący czytać jest jak krótkowidz, który stara się obserwować czyjeś gesty ze stumetrowej odległości.

Pan Juarroz, stawiając z roztargnieniem nogę w świeżych odchodach jakiegoś potężnego zwierzęcia, utwierdzał się za pomocą coraz to bardziej wyszukanych argumentów w tym, że w życiu wszystko, ale to naprawdę wszystko, jest jedynie pracą manualną.

Filiżanka i ręka

Pan Juarroz wahał się, czy ma dotknąć filiżanki kawy, nie mógł bowiem wyzbyć się myśli, że to nie ręka chwyta przedmiot, tylko przedmiot chwyta rękę. A taki porządek rzeczy budził jego odrazę, bo nie mógł zgodzić się na to, aby zwykła filiżanka łapała go za rękę (tak jak porywczy narzeczony łapie nieśmiałą dłoń narzeczonej).

Dlatego pan Juarroz, zamiast chwycić filiżankę, tylko siedział i długo się jej przyglądał agresywnym wzrokiem.

Jakiś czas później skarżył się, że jego kawa jest zimna.

Zegarek

Pan Juarroz myślał o zegarku, który zamiast czasu pokazuje przestrzeń. O zegarku, w którym większa wskazówka pokazuje na mapie dokładne miejsce, w jakim dana osoba znajduje się w określonej chwili.

— No a mniejsza wskazówka? Co ona wskazuje? — spytała żona.

— Pozycję Boga — odparł pan Juarroz.

Śmierć Boga

Pan Juarroz myślał o Bogu, który, w przeciwieństwie do tego niepojawiającego się nigdy, pojawiałby się o każdej godzinie, każdego dnia, dzwoniąc do drzwi.

Po głębokim rozważeniu tej hipotezy pan Juarroz postanowił wykręcić korki.

Koncentracja

Pan Juarroz zakładał sobie czasem opaskę na oczy, aby nie rozpraszały go kształty i kolory rzeczy.

Kiedy rzeczy nie tylko istniały, ale wydawały również dźwięki, pan Juarroz wkładał sobie jeszcze watę do uszu.

Jednak niektóre rzeczy, z racji swych silnych aromatów, uparcie wdzierały się w nozdrza pana Juarroza, co zmuszało go czasem do ściskania sobie nosa spinaczem do bielizny.

I w ten sposób, mając wyłączony wzrok, słuch i węch, pan Juarroz mógł się do woli oddawać rozmyślaniom, odporny na wszelkie ingerencje otoczenia.

Zanim pogrążał się całkowicie w swoich myślach, mówił jeszcze tym, którzy chcieli go słuchać:

– A teraz proszę się do mnie nie zbliżać. Przede wszystkim mnie nie dotykajcie. Nie zepsujcie wszystkiego.

I z opaską na oczach, watą w uszach i spinaczem na nosie, trzymając ręce w powietrzu, aby niczego nie dotykać, pan Juarroz przeżywał wreszcie chwile najczystszego intelektualnego szczęścia.

– Ależ ja kocham życie – szeptał.

PAN KRAUS

Spis treści

Pan Kraus wyszedł z redakcji gazety w dobrym nastroju. Wiedział, że w czasach, które właśnie umykały (do tyłu? w bok?), „jedyną obiektywną formą komentowania polityki jest satyra". Tak więc, mając w kieszeni umowę na pisanie kronik, które odnosiłyby się do ważnych wydarzeń w kraju, pan Kraus wracał tego wieczoru do domu, nucąc jedną z monotonnych katarynkowych piosenek z dzieciństwa, która wskutek skomplikowanych wewnętrznych fluktuacji i niezbyt jasnych skojarzeń przyszła mu nagle do głowy.

Pan Kraus wysłał do gazety pierwsze kroniki.

Popołudnie z życia Szefa (1)

Szef chodził w ciszy swojego gabinetu dookoła biurka, raz w jedną stronę, raz w drugą, błyskawicznie przebierając nogami, co jakiś czas dla rozrywki wyrywając sobie gwałtownie włos z głowy i ćwicząc jednocześnie swój okrzyk bólu – wszystko w ramach pewnej gry z samym sobą, którą klasyfikował jako „niemal zabawną" – kiedy niespodziewanie dało się wyczuć olbrzymie rozprzężenie, pochodzące gdzieś z dołu.

Nawiasem mówiąc, dla Szefa nuda zawsze nadciągała „gdzieś z dołu", odbywało się to niemal na mocy dekretu.

Muszę zlikwidować dolną część budynku – pomyślał Szef – inaczej już się nie da.

Rzeczywiście horrendalne krzyki dochodziły z tych samych rejonów co zwykle. I przybliżały się.

Szef wyprostował się i zastygł w oczekiwaniu.

Kiedy nadchodzi niebezpieczeństwo, dowódca oczekuje go z wyprostowanym tułowiem i podniesioną głową – pomyślał Szef. Ale zaraz się schylił, żeby podnieść drobną monetę, która wypadła mu z kieszeni.

Ponownie się wyprostował, stał prościutki jak struna; wyprężył się z podniesioną głową, jakby na całym świecie nie było już żadnej monety na podłodze. Całkowicie pionowy: oto Człowiek.

Tymczasem krzyki zaczęły nabierać formy.

Potem przybrały najgorszą z form: to były krzyki jego Pomocników. Nigdy go nie opuszczali.

Szef był już zmęczony wpadaniem w rozpacz z powodu pomocy ze strony tych ludzi. Będąc prawdziwym Szefem, miał prawo wpadać w rozpacz samotnie. Ale oto znowu nadchodzili oni, Pomocnicy.

Popołudnie z życia Szefa (2)

Zamknął drzwi od środka. Zawsze może potem powiedzieć, że miał ważne spotkanie.

Jeżeli był Szefem, czyli najwyższą figurą w hierarchii, to czy myślenie o sobie było dla niego ważne, czy nie?

Zresztą samotnie potrafił zorganizować – z oddali – nawet najważniejsze spotkanie.

Aby być potem bardziej przekonującym podczas tłumaczenia się z zamkniętych drzwi, zaczął mówić do siebie, tak jakby dyskutował z jakąś własną, sformułowaną wcześniej myślą.

Ponieważ nie miał wprawy w niezgadzaniu się z samym sobą, pierwsze słowa, jakie wypowiedział, brzmiały:

– Brawo! Znakomity pomysł!

Popołudnie z życia Szefa (3)

Pomocnicy byli już blisko.

Biegli i krzyczeli coś ze strachem w głosie.

Stało się coś poważnego.

Szef wyprężył się, podniósł rękę i wycelował palec wskazujący w górę.

Lubił ten gest; czuł się wtedy tak, jakby wytyczał drogę ludności.

Tyle że nad jego gabinetem nie było nic. Jedynie puste pomieszczenia. Oraz toalety.

W górę, droga wiedzie w górę – zdawał się mówić Szef, zastygłszy z wyciągniętą ręką i sterczącym palcem.

A ponieważ ludność przez ostatnie minuty nie opuszczała jego myśli, poczuł się wzruszony i zaskoczony samym sobą.

On, który zanim został Szefem, nigdy, ale to nigdy nie myślał o ludności, miał teraz umysł kompletnie nią opanowany; właśnie ludnością (której nigdy nie poznał).

– Tego człowiek się uczy – szepnął. – Jak nowej techniki skoku wzwyż.

Ale oni już tu są, stoją po tamtej stronie i pukają do drzwi jego gabinetu.

– Ekonomiści!

– Ekonomiści nadchodzą! – krzyczeli zdenerwowani Pomocnicy po drugiej stronie drzwi.

Popołudnie z życia Szefa (4)

– Co to za hałasy? – spytał Szef. – Byłem zrozpaczony, ale przynajmniej miałem spokój. Czego wy tutaj…?!

– Ekonomiści mówią, że trzeba jeszcze bardziej obciąć wydatki! – powiedzieli chórem Pomocnicy, z trudem łapiąc oddech.

– Jakie wydatki?

– Wydatki innych!

– Ach, innych! – wykrzyknął z ulgą Szef.

– Tak, Szefie, ale to dla nas żadne pocieszenie. Ponieważ za każdym razem, kiedy ekonomiści – wypowiadali to słowo ściszonym głosem, jakby budziło lęk – mówią, że nieodzowne jest obcięcie wydatków innych, patrzą na nas. I to nieruchomo.

– Na nas?! – wykrzyknął Szef z oburzeniem. – Ależ my nie jesteśmy innymi!

Nagle wszyscy zamilkli – jednocześnie, jakby się umówili.

Szef był zdenerwowany.

Wyprostował krawat i poprawił lekko pasek u spodni.

Pierwszy Pomocnik w jednej chwili również wyprostował krawat i poprawił lekko pasek u spodni.

Drugi Pomocnik, nie zwlekając, wyprostował krawat i zamierzał poprawić lekko pasek u spodni. Ale nie udało się: zapomniał paska.

Zawstydzony, spuścił wzrok, jednak Szef niczego nie widział ani nie słyszał.

– Ta sprawa z Innymi… – szepnął. – Ta sprawa z Innymi zawsze mnie intrygowała.

– Tak, ci Inni… – szepnął Pierwszy Pomocnik, nie bardzo wiedząc, co powiedzieć.

– Inni są fascynujący! – zawołał nagle Drugi Pomocnik, jakby znalazł rozwiązanie jakiegoś problemu arytmetycznego.

– Spokojnie, panie Pomocniku – powiedział Szef, który stopniowo odzyskiwał panowanie nad sobą – proszę nie przesadzać! Inni są potrzebni! Potrzebni! Proszę dobrze zrozumieć to słowo. Nie są fascynujący; to coś zupełnie innego.

Następnie otworzył okno i usiłował wrócić do całkowitej równowagi, przeliczając wszystkich Potrzebnych, którzy chodzili tam i z powrotem.

– Potrzebni! – powtórzył głośno, odwrócony plecami do Pomocników. – Potrzebni!

Instynkt

Szef nienawidził geografii, ekonomii, literatury, chemii, socjologii, inżynierii, matematyki, fizyki, jak również wszystkich dziedzin wiedzy wynalezionych po Chrystusie. Rzeczą, którą cenił, był instynkt.

— Instynkt, zrozumcie to!

Pomocnik zrozumiał, że Szef chciałby, aby nie zrozumiał. Dlatego potrząsnął głową.

— Nie wie pan, co to jest instynkt?

Pomocnik znów potrząsnął głową, tym razem jeszcze energiczniej. Należał do tych poczciwych.

Szef lubił tłumaczyć — cokolwiek, nawet rzeczy niewytłumaczalne — a Pomocnicy lubili Szefa. On zaś nie miewał innych okazji. Dlatego szarżował na Pomocników, tak jak byk szarżuje podczas pewnych publicznych obrzędów na rannych i kalekich ludzi, którzy zostali w tyle.

— Instynkt — powiedział Szef, pogrążając się całkowicie w swoich wywodach — instynkt jest czymś, co rodzi się tutaj — wskazał na żołądek — po czym wznosi się, wznosi i wznosi — wykonywał przy tym odpowiednie gesty — aż dociera tutaj! — chwycił się prawą ręką za gardło. — Tutaj, rozumiecie?

— Do gardła! — krzyknął Pomocnik, jakby wyjawiono mu właśnie tajemnicę niepokalanego poczęcia.

— Bardziej niż do gardła — uściślił Szef (zawsze znakomicie uściślał) — instynkt przenika do mojego słownictwa, a wszystko to dokonuje się jakby pod wpływem jakiejś niepospolitej siły.

— Siły… — dorzucił Pomocnik — …której nie pojmie żadna normalna inteligencja.

— Tak właśnie. Ani inteligencja normalna, ani niepospolita: inteligencja nie jest narzędziem zdolnym pojąć moje rozprawy. Ja mówię do ludności!

— To doskonały kierunek — szepnął cichutko Pierwszy Pomocnik.

Katar

Rankiem podarowali Szefowi mapę kraju, elegancko poskładaną, wielobarwną, po to, aby przestał mylić północ z południem, wybrzeże z interiorem, duże miasto z małą wioską, zamek z nowoczesnym centrum handlowym, źródło wody z karczmą. Krótko mówiąc, podarowali Szefowi mapę kraju, żeby przestał mylić wszystkie rzeczy z ich przeciwieństwami.

Ponieważ roztargniony Szef schował mapę do kieszeni, już po południu zaczął wycierać nią sobie nos.

– Co to za chusteczka, do jasnej cholery! – oburzył się. – Tym można sobie rozwalić nos!

Dwaj Pomocnicy, którzy, jeśli mieli świadków, zachowywali się jak wielcy patrioci – a w tym przypadku jeden był świadkiem drugiego – skostnieli wzdłuż całego kręgosłupa, od stóp do głów. Nic nie pomagało. Ani rękawiczki, ani płaszcz, ani szalik nie ratowały przed dreszczami. Poza tym było kilka stopni poniżej zera.

– Och, Szefie... To nie jest chusteczka: to mapa kraju!

– Ach! – wykrzyknął Szef – to dlatego jest taka szorstka!

Szef wyraził swoje oburzenie, po czym wzruszył ramionami i, ponieważ bieda już się stała, znowu wytarł sobie mapą nos.

– Proszę wycierać nos brzegami – zaproponował jeden z Pomocników. – To najlepszy sposób, aby go nie zranić. Brzegi są delikatniejsze.

Szef nagle zastygł i utkwił wzrok w Pomocniku. W powietrzu wyczuwało się pewne wzruszenie: ta troska o jego

zdrowie... Nie mówiąc ani słowa, Szef pochylił się i na czo-
le oddanego Pomocnika złożył delikatnego, lecz znaczące-
go całusa.

Zacząłem już czytać pana kroniki, panie Kraus. Przyjemnie jest na świecie, prawda?

Pan Kraus uśmiechnął się. Podziękował. Wyszedł.

Szef, który lubił ruch (1)

Szef lubił zmiany, ponieważ nie lubił trwać w bezruchu. A nie lubił trwać w bezruchu, ponieważ lubił zmiany. Tak wyglądały jego poglądy na tę kwestię. Szef miał też inne poglądy, ale na inne kwestie. Jeśli chodzi o trwanie w bezruchu i ruch, jego poglądy były właśnie takie. Dwa.

Próbował je zamieniać. Czasami szczycił się jednym, kiedy indziej drugim. Szef mawiał:

– Nazywa się to funkcją wymienną języka. Tak jak dwa plus trzy jest tym samym co trzy plus dwa, podobnie niechęć do trwania w bezruchu jest tym samym co chęć poruszania się. A także: chęć poruszania się jest tym samym co niechęć do trwania w bezruchu. Zrozumieliście?

Dwaj Pomocnicy zrozumieli.

– A zatem – powiedział Szef, wskazując palcem jednego z nich – pan!

– Ja?!

– Tak, pan!

– Co ja takiego zrobiłem?

– Nic. I to jest właśnie problem. Musimy coś zrobić. Nie możemy trwać w bezruchu. Czy wyjaśniłem wam już zagadnienie funkcji wymiennej?

– Już pan wyjaśnił, Szefie. Bardzo nam się podobało! Wychodzi pięć; trzy plus dwa równa się pięć.

– Od razu widać, że pan nie zrozumiał. Wynik nie jest ważny. Ważny jest ruch. Rozumiecie?

Dwaj Pomocnicy Szefa zrozumieli. Po raz drugi.

— W porządku. Teraz obaj, siedząc na krzesłach, będziecie wielokrotnie uderzać stopami w podłogę, dopóki nie każę wam przestać. Nie przestawajcie aż do wyborów!

— Co za cudowny pomysł, Szefie!

Szef, który lubił ruch (2)

Nie ruszając się z krzeseł, dwaj Pomocnicy już od kilku dni uderzali stopami o podłogę. Podeszwy ich butów powoli znikały, a w skarpetkach, których materiał częściowo wyparował, stopy piekły, jakby tkwiły w rozpalonym kominku. Obaj mieli już na stopach liczne rany. Mimo to szeroki uśmiech na twarzach dwóch Pomocników nie słabł ani na chwilę. Potrzebny jest ruch, ruch! – powiedział Szef. Aż do wyborów.

– Stać! – krzyknął nagle Szef, podnosząc rękę. – Przypomniałem sobie, że moglibyśmy wykonywać ruch, który obejmowałby zmianę w przestrzeni.

Zaskoczeni Pomocnicy zamarli z otwartymi ustami.

– Ruch ze zmianą przestrzeni!

– Jak to przestrzeni?

– Och, Szefie, ale czy to…

– Czy to nie… przedwczesne?

– Nasi wrogowie nie spodziewają się gwałtownego ciosu – powiedział Szef. – Co jakiś czas musimy całkowicie zmieniać nasze cele i strategię działania.

– Ale jest czwarta po południu…

– A więc pora, abyście wstali.

– Znakomity pomysł, Szefie.

– Świetnie.

– Otóż pomyślałem o rzeczy następującej. Zastanówcie się, co sądzicie o moim rozwiązaniu. Zamienicie się obaj krzesłami ciągnął Szef. – Szanowny Pan Pomocnik przejdzie na krzesło Szanownego Pana Pomocnika. Natomiast Szanowny Pan Pomocnik przejdzie na krzesło Szanownego Pana Pomocnika.

– Szefie, nie do końca rozumiem, jak…

– Ja też nie… – szepnął drugi.

– Wyłuszczę rzecz jeszcze dokładniej. Szanowny Pan Pomocnik po mojej prawej przejdzie na krzesło Szanownego Pana Pomocnika po mojej lewej. A Szanowny Pan Pomocnik po mojej lewej przejdzie na krzesło Szanownego Pana Pomocnika po mojej prawej. Odbędzie się to jednocześnie.

– Jednocześnie?

– Tak. I vice versa.

– Vice versa?

– Dokładnie. Następnie pozostaniecie na nowym krześle przez godzinę, półtorej…

– Świetnie.

– …cały czas uderzając stopami w podłogę…

– Stopami…

– …a potem: znowu vice versa.

– Jak to znowu vice versa, Szefie?

– Znowu zmienicie miejsca.

– Są tylko dwa krzesła, Szefie.

– Czy dwukrotne vice versa – szepnął cichutko drugi Pomocnik – nie oznacza powrotu do stanu wyjściowego?

– Nie, ponieważ jest to jednoczesne vice versa. Ujmę to jeszcze inaczej. Zamienia się pan miejscami ze swoim kolegą w tym samym czasie, kiedy pana kolega zamienia się miejscami z panem. Rozumiecie? To jest jednoczesne vice versa. Koncepcja strategiczna.

Pomimo jednej czy dwóch pomyłek dwaj Pomocnicy wykonali skrupulatnie otrzymane polecenia.

Jednoczesne vice versa i ruch w przestrzeni! Szef był naprawdę zadowolony.

– Kto śpi, a kto biegnie? Czasem niełatwo to rozstrzyg-nąć – powiedział pan Kraus.

Wkłada się kapcie albo obuwie sportowe. Oto dwie opcje. Najbardziej przebiegli politycy to ci, którzy, nawet wkładając kapcie, robią takie wrażenie, jakby w istocie za-bierali się do intensywnego treningu sportowego.

– Źródło tego rodzaju optycznej iluzji – szepnął pan Kraus – można by nazwać propagandą lub krótkowzrocz-nością obserwatora.

Most (1)

– Panie Szefie, pomysł jest następujący. Zbudujemy dwa mosty, jeden obok drugiego. Na każdym z nich będzie ruch jednokierunkowy. Na jednym moście samochody będą jechać w tamtą stronę, na drugim w tę. Co pan o tym sądzi? Jeden przy drugim; odległość między nimi wynosiłaby poniżej pięćdziesięciu metrów. Tak aby można się było pożegnać z jednego mostu z kimś, kto jedzie drugim mostem. Jakby dwa mosty-bracia. Dwa wyjątkowe mosty w Europie.

A nawet na całym świecie!

Na świecie!

Szef potrząsnął głową i zapadł w milczenie, które trwało dość długo. Potem powiedział ciężkim głosem:

– Pomysłowe rozwiązania powinna poprzedzać troska o pieniądze, które mają być wydane. Ponieważ pieniądze nie są nasze, tylko ludności.

– Bardzo słusznie, Szefie.

– Pięknie.

– Wobec tego zamiast dwóch mostów proponuję zbudować tylko jeden, ale z ruchem dwukierunkowym – rzekł Szef.

– Brawo! Znakomity pomysł, panie Szefie.

– Imponujący.

– Zaoszczędzimy połowę wydatków – dodał Szef.

– Według moich obliczeń, tak w pamięci, dokładnie pięćdziesiąt procent – przytaknął Pomocnik.

– Brawo, panie Szefie!

– Teraz jest właściwy moment, aby podać do publicznej wiadomości, że jesteśmy w stanie zredukować koszty przedsięwzięcia do połowy. Tak aby ludność zobaczyła, jak się troszczymy o publiczne pieniądze.

– Znakomicie.

– Żałuję tylko – powiedział Szef – że moi dwaj znakomici Pomocnicy nie zaproponowali na początku budowy trzech mostów, a nie dwóch. Wówczas moglibyśmy zapowiedzieć redukcję kosztów do jednej trzeciej.

– Ma pan rację, Szefie.

– Zawiedliśmy! – szepnął Pomocnik, opuszczając ze wstydem oczy.

Most (2)

Jednak następnego dnia Szef zmienił zdanie.

– Z powodów stanowiących część mojego prywatnego życia umysłowego, którego ujawnianie nie wydaje mi się w dobrym stylu, postanowiłem, że nie zbudujemy ani dwóch mostów, ani jednego. Zbudujemy trzy. Jeden obok drugiego. Albo raczej: jeden obok drugiego obok trzeciego. Na każdym będzie tylko ruch jednokierunkowy.

– Jaka będzie je dzielić odległość?

– Co do dokładnej odległości jeszcze nie ma decyzji. Brakuje mi obliczeń. Takich decyzji nie można podejmować przed precyzyjnymi… Ale optuję za pięćdziesięcioma metrami. Ta liczba mi się podoba.

Pomocnik zapisał w notesie i podkreślił: 50 metrów!

– A więc zbudujemy dwa mosty – ciągnął Szef – z których każdy będzie miał tylko ruch jednokierunkowy: jeden w tę, drugi w tamtą stronę, natomiast trzeci będzie dwufunkcyjny. Przed południem, kiedy tak wiele pojazdów chce wjechać do stolicy, trzeci most będzie miał wyłącznie kierunek przedmieścia–stolica. A pod wieczór będzie tam wyłącznie kierunek stolica-przedmieścia.

– W ten sposób… – zawołał jeden z Pomocników, starając się opanować wzruszenie – …w ten sposób będziemy mieli zawsze dwa mosty otwarte w kierunku, w którym jest akurat większy ruch!

– Tak – potwierdził Szef.

– I zainwestujemy trzy razy więcej w modernizację naszego kraju niż wtedy, gdybyśmy zbudowali tylko jeden most!

– Właśnie!

– Szefie, poza tym…

– Tak?

– Szefie!

Wargi Pomocnika drżały ze wzruszenia.

– Szefie, Szefie!

– Mówże, człowieku!

– Budowa trzech mostów jeden obok drugiego jest jeszcze bardziej wyjątkowa niż budowa dwóch.

– Nie musiał mi pan o tym przypominać.

– To nadzwyczajne!

Co się tyczy uporczywej eskalacji liczb ze strony polityków (bądź: co się tyczy znaczenia sznurowadeł w butach),
pan Kraus powiedział, co następuje:
– Każda dokładna liczba ciśnięta w oczy niepewnej
i rozkojarzonej ludności wywołuje ślepotę.

Kiedy ciskają nam liczbę prosto w twarz, powinniśmy
udawać rozkojarzenie, naśladować niektórych komików
z kina niemego i wykorzystać tę chwilę do zawiązania sobie
w butach sznurowadeł.

Zanim znów wyprostujemy tułów i podniesiemy głowę,
liczba zdąży przemknąć z wielką szybkością, nie zakłócając
naszego wzroku.

Jeżeli chwilę zaczekamy, usłyszymy jeszcze, jak liczba
roztrzaskuje się o ścianę na mnóstwo bezkształtnych fragmentów.

Niczym niezakłóconym wzrokiem możemy wówczas
śledzić pożałowania godny spektakl niespójnych ruin tego,
co jeszcze przed chwilą wydawało się liczbą – dokładną,
przekonującą i ostateczną.

Siedząc w kawiarni na tym samym krześle co zawsze, pan Kraus poczynił w swoim zeszycie kilka notatek.

O dyskursach politycznych
Nie możemy mieć pewności co do rozmiaru stopy, sądząc po rozmiarze butów.

Są dwie możliwości: albo stopy są mniejsze niż buty i te ostatnie wyolbrzymiają prawdę, albo stopy są większe niż buty i, wskutek poświęcenia, prawda zostaje ukryta.

Nieskuteczność witamin
Uważa, że witaminy pomogą wsączyć w jego umysł energię, ale większość produktów leczniczych nie jest twórcza; niczego nowego nie wprowadza: jedynie wzmacnia właściwości już istniejące.

Punktualność
Są zwyczaje, których nigdy się nie porzuca. Dobry polityk spóźnia się nawet na inaugurację zegara.

Inauguracje (1)

Szef był zdenerwowany. Chodził w tę i z powrotem.

– Nie ma niczego do zainaugurowania, niczego! Ci ludzie nie wykonali nawet jednego krzesła. Nie ma niczego do zainaugurowania!

– Nawet jednej igły, Szefie.

– Nie ma nawet jednej igły do zainaugurowania – szepnął Drugi Pomocnik. – Nawet jednej igiełki!

– Choćby takiej – wtórował z uporem Pierwszy Pomocnik, ściskając z pasją kciuk i palec wskazujący. – Choćby takiej! O, takiej!

– Niczego!

Dwaj Pomocnicy powtarzali w kółko jak zahipnotyzowani.

– Nie powstało nawet ucho igielne!

– Nic. Nawet ucho.

– Nawet pół igły.

– Nawet pół ucha igielnego.

– Nic a nic!

– Dosyć tego! – krzyknął Szef. – Już nie mogę was słuchać!

– Już milczymy, Szefie.

– Mam pomysł! – zawołał nagle Pierwszy Pomocnik.

– Brawo!

– Mój pomysł jest następujący: czy Szef był już kiedyś, w przeszłości, na tej nieprzyjemnej, chłodnej, opustoszałej, a nawet, z pewnego punktu widzenia, obrzydliwej, lecz jakże obiecującej ziemi?

– Ja? Pewnie, że nie. Oszalał pan?

– No i proszę!

– Co proszę?

– Możemy zainaugurować pana obecność na tej ziemi. Szef pojawił się w tej przestrzeni po raz pierwszy. Czy to nie nadzwyczajne?

– Ten pomysł zaczyna mi się podobać. I ma sens.

– Nigdy na tej ziemi nie wydarzyło się nic równie doniosłego!

– Proszę nie przesadzać – mruknął Szef, niemal dławiąc się z zadowolenia własnym podbródkiem.

– W takim razie może niech jeden z nas zainauguruje obecność Waszej Ekscelencji na tej ziemi, Szefie. Jak pan sądzi?

– Ja sam zainauguruję moją obecność na tej ziemi!

– To nie będzie łatwe – powiedzieli chórem dwaj Pomocnicy. – Inaugurować i być jednocześnie przedmiotem inauguracji...

Wtedy właśnie Szef zadarł energicznie podbródek ku niebu i oświadczył:

– Jestem człowiekiem, który lubi stawić czoło trudnościom.

I rzeczywiście nim był.

Inauguracje (2)

– Szefie, wszystko, co ma objętość, już zostało zainaugurowane na tej świętej ziemi, na którą przyszło nam trafić! Ponownie zniechęcenie. Rozejrzeli się dookoła: wszystko już zainaugurowane.

Niektóre rzeczy były już nawet zainaugurowane od stuleci.

– Ten zamek…?

– Jest wcześniejszy niż przybycie Waszej Ekscelencji…

– Jeżeli wszystko, co na tej ziemi ma objętość, zostało już zainaugurowane – powiedział Szef – to w takim razie musimy pomyśleć o czymś, co nie ma objętości!

– Nie pomyślałem o tym, Szefie.

– Tak się składa, że ja o tym pomyślałem – zawołał drugi Pomocnik – tylko później zapomniałem!

– A zatem – ciągnął Szef, ignorując wytężone pomruki Pomocników – pojawił się tutaj pewien pomysł!

– Gdzie, Szefie?

Szef ciągnął dalej:

– Mój pomysł jest następujący: czy kiedykolwiek na tej ziemi wydarzył się już dzisiejszy dzień?

– Szef ma na myśli to, czy kiedykolwiek przed dniem dzisiejszym istniał dzień dzisiejszy?

– Na tej ziemi, chodzi mi tylko o tę ziemię – uściślił Szef.

– Nigdy, Szefie. Ten dzień pojawia się na tej ziemi po raz pierwszy.

– No proszę!

– Co pan prosi, Szefie?

– Możemy zainaugurować ten dzień na tej ziemi. Zainauguruję dzień dzisiejszy…

– Imponujący pomysł, Szefie.

– Zamiast inaugurować przestrzeń, można inaugurować czas, to bez wątpienia ważka myśl…

Szef przerwał. Zapanowało milczenie. Przemówił ponownie:

– …jednak dokonanie tylko jednej inauguracji – dnia dzisiejszego – to wydaje mi się ciut mało. Jak długo mamy zostać na tej ziemi, moi znakomici Pomocnicy?

– W programie przewidziano, że zostajemy przez dwie godziny.

– Dwie godziny? Ile to daje kwadransów?

– Osiem, Szefie. Cztery kwadranse pierwszej godziny plus cztery drugiej. W sumie osiem.

– W takim razie zainaugurujemy nie dzień dzisiejszy, tylko kwadranse. Co piętnaście minut będziemy inaugurować następne piętnaście minut. Osiem inauguracji.

Dwaj Pomocnicy oniemieli.

– A więc to miał pan na myśli, nadmieniając o możliwości inaugurowania rzeczy pozbawionych objętości, niezajmujących przestrzeni…

– Czyli, tak naprawdę, o możliwości inaugurowania rzeczy niewidzialnych – wyjaśnił Szef.

– Właśnie.

– Inaugurować to, co niewidzialne! Och, Szefie, co za pomysł!!!

Inauguracje (3)

– W gruncie rzeczy chodzi o następujący przekaz: Wszystko, czego nie widać, stworzyliśmy my.

– Wspaniale, właśnie o to chodzi.

– Ponieważ odnośnie do tego, co widać, zawsze mają miejsce spory: to zrobiłem ja, to zrobił ktoś inny, etc., etc. Wiemy dobrze, jacy są ludzie.

– Ludzie…

– A tak mamy wolną rękę. I nie narażamy się na krytykę.

– Absolutnie.

– Możemy powiedzieć: rozejrzyjcie się wokół siebie, rozejrzyjcie się uważnie wokół siebie – wszystko, czego nie widać, stworzyliśmy my!!

– Mało tego. Możemy nawet powiedzicć: wszystko, czego nie widać, przed nami nie istniało.

– To wprost rewelacyjne.

– Wspaniałe hasło.

– Jeżeli są zdania, które potrafią uchwycić za jednym zamachem pewien nieskończony ogrom, oto jedno z nich.

– Wspaniałe, wspaniałe!

– Ale powinniśmy wyznaczyć pewien limit – zauważył jeden z Pomocników.

– Jak to limit?

– Powinniśmy ogłosić coś w tym rodzaju: wszystko, co znajduje się wokół nas na przestrzeni stu pięćdziesięciu kilometrów kwadratowych i czego nie widać, zostało stworzone przez nas; przed nami nie istniało.

– Bo jeśli nie wyznaczymy limitu, możemy wskazywać na rzeczy leżące poza granicami naszego kraju.

– I co wtedy?

– Wtedy ludzie mogą nam nie uwierzyć. Jak to możliwe, że udało nam się stworzyć rzeczy, które znajdują się – choćby były niewidzialne – poza granicami naszego kraju? Na przykład w kraju sąsiednim?

– Ma pan rację.

– Co więcej, jeżeli powiemy, że to, czego nie widać po drugiej stronie granicy, stworzyliśmy my, ktoś może nam wytoczyć proces. Dotykamy tutaj kwestii prawnych.

– Ma pan rację.

– Stworzyliśmy wszystko, czego nie widać, ale tylko w obrębie naszych granic. O to chodzi?

– Oczywiście.

– Wydaje mi się, że to w porządku.

— Po tamtej stronie ludzie posłuszni rozkazom Szefa strzelają do najpowolniejszych ptaków – powiedział pan Kraus.

Po tej stronie Szef podnosi jednego z rannych ptaków i na oczach wszystkich z wielkim oddaniem zajmuje się jego leczeniem, dzień po dniu poświęcając się wyłącznie sprawie przywrócenia ptaka do zdrowia. Uratowanie przynajmniej jednego ptaka stanie się jego obsesją.

Ktoś naiwny mógłby pomyśleć, że prościej byłoby nie wydawać przedtem rozkazu strzelania do ptaków. Jednak w przyszłym roku proces się powtórzy.

Mapa (1)

Podarowali Szefowi (ponownie) mapę kraju – była to już piąta lub szósta z kolei. Poprzednie gubił, pokrywał słowami-kluczami do swoich rozpraw, wycierał w nie nos lub podkładał pod butelki z winem, żeby nie poplamić stołu. Krótko mówiąc – Szef był rozkojarzony.

Przestrzegał jednak pewnych zasad. Na przykład: wycierał wszystkie rozlane ciecze i mokre plamy – wino i inne substancje – tylko tą częścią mapy, która przedstawiała interior kraju, czyli strefę najbardziej suchą.

Bardziej wykształcony z Pomocników od kilku miesięcy próbował wytłumaczyć Szefowi, że mapa jest tylko pewnym przedstawieniem rzeczywistości.

Jednak Szef nie chciał tego słuchać. Nie zwracał uwagi na techniczne niuanse.

– Teorie mnie nie interesują – powiedział.

W istocie Szef miał pewien problem natury intelektualnej: nie potrafił odróżnić rzeczywistości przedstawienia od rzeczywistości jako takiej.

Po tym, jak w czasie suszy postanowił napisać piórem słowo „deszcz!" na obszarze najbardziej spragnionym wody, z wielkim zdumieniem odnotował fakt, że w tym rejonie później nie padało.

Głowiąc się uporczywie nad tym, który z jego wrogów mógł zbojkotować tę energiczną akcję, Szef szeptał pod nosem z przejęciem:

– No bo skoro napisałem na mapie „deszcz"…

Mapa (2)

Ale, jak już powiedzieliśmy, Szef i tak wiecznie gubił lub uszkadzał mapy swojej ojczyzny. Nie był jednak całkowicie rozkojarzony – na przykład w prawej kieszeni trzymał zawsze nietknięty i ściśle chroniony program wszystkich stacji telewizyjnych.

Kryła się za tym pewna teoria: wszystko, co nie mieści się w telewizji – mawiał Szef – nie należy do kraju. Leży poza naszym terytorium.

Według niego najbardziej rzeczywistą mapą kraju był odbiornik telewizyjny, który miał w domu.

Telewizja to była osobista wizja Szefa.

– Po co mi mapa?! – wołał. – To, czego mi trzeba, to dostęp do wszystkich kanałów w telewizji!

– A zatem – odezwał się jeden z Pomocników – jeśli dobrze rozumiem, pan Szef patrzy, co dzieje się na poszczególnych kanałach, po czym działa, za pomocą energicznych, a nawet bardzo energicznych środków, tak aby rozwiązywać poszczególne problemy. Czy o to chodzi?

– Mniej więcej – odpowiedział Szef. – Należałoby to nieco pogłębić.

W gabinecie zapadła cisza. Szef odzyskiwał równowagę.

– Niech pan pogłęb, Szefie.

– Niech pan pogłęb, niech pan pogłęb.

Wówczas Szef, w ciszy i skupieniu, zaczął się zabierać do pogłębiania.

Mapa (3)

Szef pogłębiał. Posługiwał się przy tym szczególną techniką, która polegała na powtarzaniu.

– Moja koncepcja granicy – powtórzył Szef – sprowadza się do linii zakreślających ekran telewizyjny. Wszystko, co wykracza poza ekran, nie należy do naszego kraju; jest już za granicą. Rozumiecie?

Jeden z Pomocników robił notatki, podczas gdy drugi otwierał usta ze zdumienia. Czasami zamieniali się rolami.

Jednak obaj jakby drżeli – drżeniem, chciałoby się rzec, nie fizycznym, nie cielesnym. Wręcz przeciwnie: było to drżenie intelektualne. Obaj odnosili wrażenie, że przeżywają moment wyjątkowy, moment, w którym po raz pierwszy przychodzi na świat, z niekontrolowaną siłą bomby, pewna idea.

– Ach, gdyby Szef miał choćby jeden bombowiec – szeptał do siebie jeden z Pomocników. – Czego mógłby dokonać z jednym jedynym bombowcem!

Szef złapał oddech, pozwolił Pomocnikom wyrazić oczyma bezmierny podziw, po czym, wciskając z religijnym pietyzmem guzik telewizora, oznajmił definitywnym tonem:

– Oto moja ojczyzna.

Mapa (4)

Pomocniczek – osobnik, który pomimo swego tytułu był olbrzymi, muskularny, zawsze stojący w pogotowiu kilka metrów od Szefa, gotowy błyskawicznie interweniować w przypadku najgorętszych sporów intelektualnych – nalegał:

– Nie byłoby źle, gdyby Szef przestudiował mapę kraju…

– A guzik mnie obchodzi geografia! – odparł tym razem zirytowany Szef. – Ja muszę przygotować moje rozprawy. Rzecz zasadnicza to umiejętność mówienia o górach. Kogo obchodzi, gdzie góry leżą?

– Ależ dobrze jest znać swoje terytorium – upierał się olbrzym. – Po to, aby żaden metr kwadratowy nie wymknął się spod pana rozkazów.

No i masz. To ostatnie zdanie poruszyło w Szefie najwrażliwsze struny.

– Proszę mówić, proszę mówić…

– Korzyść z dokładnej znajomości kraju, a zwłaszcza jego geografii, polega na tym, że wówczas może pan wysyłać swoje rozkazy do każdego zakątka. Jeżeli pan pozna geografię, pana rozkazy będą miały pełny zasięg – co do jednego metra kwadratowego. To prawie tak, jak mieć pokratkowaną kartkę papieru i wypełnić wszystkie kratki swoimi dyrektywami. Ani jedno drobne wzniesienie, ani jeden nędzny strumyk nie znajdzie się poza dobroczynnym zasięgiem pana politycznych przedsięwzięć.

– Nie pomyślałem o tym…

– Ależ niech pan tylko pomyśli, niech pan pomyśli – zaproponował Pomocniczek. – Czy Szef uważa, że to będzie w porządku, jeżeli jakaś wioska schowana za stogiem siana

248

zostanie pozbawiona przywileju otrzymywania przynajmniej jednej lub dwóch dyrektyw politycznych dziennie od
Waszej Ekscelencji?

    – Ma pan rację – mruknął Szef. – Dawać mi tutaj tę mapę.

Sondaże (1)

Zbliżały się wybory, a sondaże nie były dla Szefa pomyślne.

– Pytanie jest następujące – powiedział Szef. – Kiedy jakiś osobnik, nawet w pełni władz umysłowych, twierdzi, że nie opowiada się za prawicą, tylko za lewicą, to skąd możemy mieć pewność, że nie myśli dokładnie na odwrót?

– Takie pytanie można postawić zawsze.

– Mało tego – ciągnął Szef – skąd możemy mieć pewność, że osobnik ten, twierdząc, że chce głosować na lewicę, nie chce w istocie głosować na prawicę?

– Już o tym myślałem – szepnął Pomocnik.

– Ja też już o tym myślałem – dodał drugi.

– Myślimy jednocześnie – zgodzili się obydwaj.

– Moja teoria na temat sondaży opinii publicznej jest zatem następująca – przechodzę do wyjaśnień…

Dwaj Pomocnicy nadstawili natychmiast swoje oblicza, tak jak się nadstawia uszu.

Szef rozpoczął:

– Nie wystarczy zasięgnąć opinii ludności. Należy ją jeszcze zinterpretować. Nawet wtedy, kiedy ktoś tylko stawia krzyżyk: co ten krzyżyk oznacza? Każda prywatna opinia powinna zostać zinterpretowana pod lupą przez specjalistów.

– Czyli przez…?

– Czyli przez to, co określam mianem: „Ja – specjaliści”.

– A zatem… – szepnął Pomocnik – …przez specjalistów od struktury ludzkiego umysłu, od osobowości…

– Kto tu mówił o ludziach?! – zripostował Szef, po czym powtórzył z naciskiem: – Powiedziałem: „Ja – specjaliści". Ja, rozumiecie?!

– Ach, Wasza Ekscelencja – specjaliści, Szef – specjaliści.

– Otóż to! Nareszcie! A kto jest najlepszym specjalistą wśród Ja – specjalistów, Ja się pytam? Kto jest najlepiej przygotowany do interpretowania subiektywnych opinii wysoce subiektywnych jednostek w tym kraju? Kto w Ja jest najlepszym specjalistą?

– Wasza Ekscelencja? – zaryzykowali Pomocnicy.

– Tak. Ja! Ja! Właśnie Ja obiektywnie zinterpretuję subiektywne opinie poszczególnych osób.

– Brawo! To się nazywa sztuka.

Sondaże (2)

– W porządku – zgodził się w końcu Szef. – Jeżeli sondaże chcą się odnosić do uczestnictwa ludności, niech tak będzie.

– Przedstawiają nam losowe próbki.

– Losowe…? Co za nieroztropność!

– Losowe, ale tylko do pewnego stopnia. Mimo wszystko istnieje pewien porządek. Z określoną liczbą kobiet, mężczyzn etc. Wszystko bardzo naukowe.

– Naukowość sondaży powinna być zachowana, zawsze lubiłem naukę. Ale niech jednostki tej nauki będą wyznaczane przeze mnie.

– Jak to, wielmożny Szefie?

– Propozycja, która wydaje mi się najbardziej sprawiedliwa i wyważona, jest następująca: niech sondaż zostanie poszerzony tak, aby obejmował jak największą próbkę – mężczyzn, kobiety, młodych, starych. Jak również innych…

– Nawet innych…?

– Nawet innych.

– To demokracja!

– Niech żyje! – krzyknął natychmiast drugi Pomocnik.

– I wszystkim zostanie przekazany mój numer telefonu.

– Proszę?

– Mój numer telefonu – powtórzył Szef. – Niech każdy element tej reprezentatywnej próbki, wybranej losowo według naukowych kryteriów, zadzwoni do mnie, aby poznać moją opinię. W ten sposób będziemy mieli sondaż sprawiedliwy, z poszerzoną próbką i obiektywną, jak również przemyślaną opinią.

– A zatem Szef proponuje, aby sondażowa próbka, zamiast przekazywać swoją opinię, zadzwoniła do Szefa, aby Szef przekazał wszystkim swoją opinię.

– Każdemu z osobna.

– A nie oskarżą nas o sfałszowanie wyników?

– Oczywiście, że nie. Pytanie za każdym razem będzie zadawać inna osoba. Właśnie to powinno być przedmiotem naszej troski. Każdy członek ludności będzie miał możność spytania mnie, jaka jest moja opinia. Jak można sfałszować dane, jeśli to sama ludność zadaje mi pytanie?

– Ma pan rację, Szefie.

– I jest pan oryginalny.

– Co jest ważne podczas debaty telewizyjnej?

Pan Kraus odpowiedział:

– Bogactwo argumentacji przegrywa (przez k.o.) ze zdolnością poruszania brwiami. Ile głosów warte jest zmarszczenie nosa we właściwym momencie?! Ależ podkopałaby naszą wiarę w demokrację odpowiedź na to pytanie – szepnął pan Kraus.

Dialog (dzień przed wyborami)

— Jeśli chodzi o zachowanie równowagi poprzez umożliwienie głosowania we wszystkich miejscach i o każdej porze...

— Żyjemy w wieku demokracji: ludność powinna mieć głos w każdej sprawie.

— Nawet ci, których głos...

— Nawet ci.

— A zatem: ludność decydowałaby o wszystkim.

— Na przykład wypowiadałaby się na temat piłki nożnej.

— Której to gry nie sposób nazwać dziś inaczej niż dyktaturą zawodników.

— A więc proponuje pan, aby...

— Powtórzę: aby decyzja należała do widzów, a nie do graczy.

— Znakomicie.

— Zamiast dwudziestu dwóch graczy (plus sędzia) decydować będzie trzydzieści tysięcy widzów. Drogą głosowania. To olbrzymia różnica. Wystarczy policzyć.

— Liczyłyby się wyłącznie głosy widzów zgromadzonych na stadionie?

— Tak.

— To sprawiedliwe.

— Byłby to dla ludzi znakomity sposób uczestniczenia w spektaklu. Decydowaliby nawet o wyniku. Pewna dyslokacja jest tu nie od rzeczy. Nie wydaje mi się sprawiedliwe, aby los czegoś tak ważnego, jak mecz piłki nożnej pozostawał w rękach (lub nogach) niecałych dwóch tuzinów obywateli.

– W tym przypadku określanych mianem: piłkarze.

– Tak.

– Dzięki temu wynik meczu nie będzie zależał od doraźnych sztuczek, lecz od przemyślanych decyzji ludności.

– Wydaje mi się to sprawiedliwe. Żyjemy w wieku rozumu i głosowania.

– Mecz piłki nożnej rozstrzygany na podstawie głosów ludności (konkretnie rzecz biorąc, widzów), a nie strzelonych goli! Właśnie takie reformy przekształcają kraj słabo rozwinięty w kraj przodujący.

– Właśnie takie.

– Zamiast decyzji kolanem, decyzji muskularnych, fizycznych, nieintelektualnych i niedemokratycznych, oprzemy się na decyzjach upowszechnionych.

– W ten sposób każdy mecz piłki nożnej stanie się swego rodzaju referendum.

– Tak, ale uwaga! Najpierw trzeba będzie rozegrać mecz.

– Rozgrywek nie może zabraknąć.

– Decyzje będą podejmowane po meczu; poważne jednostki będą orzekać o zwycięstwie jednej bądź drugiej drużyny, niezależnie od goli i w sposób wolny od emocji, które mogą występować tuż po meczu; a więc dopiero po logicznym rozważeniu tego, co się rzeczywiście wydarzyło.

– Podtrzymywanie tradycji porywających rozgrywek nie jest już godne stulecia, w którym racjonalizm wymaga nowego traktowania wydarzeń.

– Oczywiście.

– Racjonalizm i demokracja, znaczenie opinii i głosu każdego obywatela: oto futbol przyszłego stulecia.

– Ni mniej, ni więcej.

– A co do wyborów, mających wyłonić nowy rząd w naszym kraju?

– Ach, jeśli chodzi o tę sprawę, uważam, że należy zorganizować mecz piłki nożnej w tradycyjnym stylu: niech każda partia wystawi jedenastu zawodników, a drużyna, która strzeli więcej goli, niech formuje rząd.

– Wydaje mi się to rozważne i racjonalne.

– Godne tego stulecia.

– Właśnie. Godne tego stulecia.

Wybory dobiegły końca – sprzątaczka już od ponad dwóch godzin zmiatała ulotki wyborcze w kąt sali.

Ulotki, teraz bezużyteczne, sunęły wbrew woli do kąta, jakby były brudnymi serwetkami, a nie papierami zawierającymi informacje rozstrzygające dla określonego kraju w określonym momencie. Były zmiatane jak śmieci. Pan Kraus obserwował cały spektakl z melancholią.

Dzień po wyborach, w kawiarni, przy tym samym stoliku co zwykle, pan Kraus zanotował w swoim zeszycie:

Obserwacja *a posteriori* (1)

W ramach kontaktów z najprostszą ludnością niektórzy politycy całują wyborców w policzki, tak jak ktoś, kto, stojąc w porcie, żegna się z okrętem wyruszającym w drogę bez powrotu.

Relacja między narodem a politykami

Wielka korzyść z wszelkich demokratycznych wyborów, następujących po ożywionej kampanii wyborczej, jest taka, że naród opuszcza wreszcie salon polityków.

Towarzyszy temu poczucie ulgi, porównywane przez niektórych elektów do momentu, kiedy to silny ból z jakichś niejasnych przyczyn nagle ustępuje.

Obserwacja *a posteriori* (2)

Politycy, całując starszych obywateli, przypominają robaki dokonujące pierwszego, nieśmiałego ukąszenia ofiary, która nie ma już możliwości ucieczki ani drzwi wyjściowych.

Po wyborach

Po wszelkich wyborach politycy – bez względu na to, czy przegrali, czy wygrali – odnoszą wrażenie, że cały naród wsiada nagle do pociągu, aby zwartą masą udać się do jakiejś odległej krainy. Naród powróci – tym samym pociągiem – dopiero na kilka tygodni przed kolejnymi wyborami.

Ta przerwa jest niezbędna do tego, aby polityk mógł w delikatny sposób przekształcić nienawiść bądź obojętność w nowe, autentyczne uczucie.

– Zdania kogoś, kto wygrywa, wydają się zawsze inteligentniejsze – mruknął ktoś.

– Pozostaje ustalić, czy należy to zawdzięczać jakości właściwie wypowiadanych zdań, czy zgiełkowi, który tworzy tłum ludzi i który zakłóca słyszalność – odparł pan Kraus.

Jednak nawet po wyborach kroniki wciąż się ukazywały.

Dzień po wyborach (1)

– No i jak, wygrał pan?!

– Owszem, wygrałem.

– A więc, że tak powiem… Szefie.

– Od dzisiaj rzeczywiście: Szefie. A pan co takiego robi?

– Eliminuję zbyteczności.

– Bardzo dobrze.

– Na przykład, gdyby istniało dwóch Szefów, jednego musiałbym wyeliminować. To należy do moich funkcji. Mam nawet sztylet…

– Na szczęście nie było równości głosów.

– Szczęśliwy traf! Ale widzi pan, czasami, nawet kiedy jest tylko jeden Szef…

– A pan pracuje sam?

– Nikt nie lubi pracować samotnie. W istocie pracuję w zespole z drugim urzędnikiem, który stara się zawsze wszystko porządnie wyjaśnić.

– Znakomicie.

– Praca w zespole daje pewną równowagę między małością i wielkością. Mamy wówczas to, co nadmiernie wyjaśnione, oraz to, co słabo wyjaśnione. Nie jestem pewien, czy Szef rozumie…

– Rozumiem i wydaje mi się to rozsądne.

– Nasza metoda pracy jest następująca: mój kolega zgłasza się pierwszy i wyjaśnia za bardzo, a potem pojawiam się ja i mówię: mój kolega niepotrzebnie wyjaśnił to, to i to. Wyjaśnienie tego, tego i tego było zbędne.

– Bardzo dobrze. To pewna strategia.

Dzień po wyborach (2)

— Proszę mi wybaczyć, że znowu pytam, Szefie, ale… Jak pan się właściwie nazywa?

— Proszę się do mnie zwracać po prostu „Szefie".

— Przez „S"?

— Tak.

— Poprzedni Szef nazywał się tak samo.

— Pochodzimy wszyscy z tego samego kraju. Stąd ten zbieg okoliczności.

— Stąd „S".

— Właśnie.

— Moim zdaniem to dobrze pomyślane. Dzięki temu nie można pomylić imion.

— To jedna z korzyści.

— Jednakże istnieje kontrowersja co do małego s i dużego S. Od wczoraj mamy jednego Szefa przez duże S: Waszą Ekscelencję. Co się tyczy szefów przez małe s, mamy jednego na każde dziesięć metrów kwadratowych.

— Czy to dużo?

— Sama ta oficyna ma trzysta metrów kwadratowych, niech więc Szef przez duże S obliczy, ilu mamy tutaj szefów przez małe s.

— Jeżeli na każde dziesięć metrów kwadratowych mamy jednego szefa przez małe s, na trzystu metrach kwadratowych mamy…

— Mamy…?

— Trzydziestu szefów przez małe s!

— Dokładnie trzydziestu. Czy ta liczba nie jest absurdalna?

– Nie: trzysta podzielone przez dziesięć daje nam trzydzieści. O jakim absurdzie pan mówi?

– Miałem na myśli samą koncepcję, która za tym stoi. Proszę zauważyć, że nawet ja, który podlegam niemal wszystkim, jestem szefem – przez małe s – dwóch albo trzech nieszczęśników. Tylko ostatni na liście nie jest szefem.

– Wydaje mi się to niesprawiedliwe.

— A zatem zmieniliśmy Szefa?!

Pytanie to zadał pan Henri, będący już w stanie wysoce rozbudzonej elokwencji.

Pan Kraus, nie zwalniając kroku, odparł tylko:

— Na pierwszy rzut oka, na pierwszy rzut oka!

Powrót (1)

Pomocnicy promienieli: już od kilku tygodni nikomu nie pomagali, lecz teraz cały ogrom dobrej woli Pomocnika znów miał być wykorzystany.

Wielu z nich próbowało to robić podczas nieobecności Szefa, ale można było odnieść wrażenie, że obiekty pomocy jakby uciekają. Niektóre, te żywe, rzeczywiście uciekały. Dawały się zaobserwować sceny następujące: obiekty pomocy pędziły przed siebie; krótko mówiąc, noga migała za nogą, po czym znikały z oczu. To był fakt – ludzie będący w potrzebie uciekali, kiedy zbliżali się Pomocnicy. Wiekowe osoby, mające trudności z kojarzeniem rzeczy i przemieszczaniem się, nawet one, nagle, wskutek niespodziewanego przypływu sił żywotnych, zrywały się do ucieczki, rozpierzchały na różne strony, wbiegały w wąskie i mroczne uliczki – staruszkowie i staruszki, to o nich mówimy – po czym nagle znikały i nikt ich więcej nie widział. I Pomocnicy zostawali bez pracy. A chcieli tylko pomagać.

Lecz teraz cały ten okres dobiegł końca. Szef znowu był z nimi!

W wielu Pomocnikach radość była tak ogromna, że dawały się nawet u nich zaobserwować głębokie zmiany fizjologiczne. Serca biły im tak, jak mogą bić tylko serca dzikich. Jeden z Pomocników, siedząc w milczeniu i czując, jak jego serce bije w rytmie pradawnych indiańskich łowów, szepnął nawet do siebie: „Nie przypominam już cywilizowanego człowieka!". Był wzruszony.

Szef powrócił; Szef, Szef, Szef powrócił!

Powrót (2)

– Być może sprawy szły do przodu podczas mojej nie-
obecności, ale ja się pytam: co to znaczy iść do przodu?
I skąd te przesądy co do cofania się, spóźniania, potykania...
– Właśnie, Szefie.

Z miasta nie dochodziło zbyt wiele informacji, ale ten
fakt był niezaprzeczalny: serca Pomocników biły teraz lepiej! Z większą inteligencją; chciałoby się wręcz rzec, że serce było teraz organem odpowiedzialnym wyłącznie za inteligencję.

Była jednak robota do zrobienia.

– Szefie, mamy tutaj pewne sprawozdania, które stoją
w miejscu, oraz pewne konkretne sprawy, które idą do przodu! Szef musi to wziąć w swoje ręce!

– Nigdy czegoś podobnego nie widziałem – dorzucił
drugi Pomocnik.

– Kiedy odchodziłem, wszystko szło w innym kierunku... – odezwał się Szef.

– Nie tylko w innym... – dodał pierwszy Pomocnik.

– ...szło w kierunku dokładnie przeciwnym!

– Ni mniej, ni więcej – przytaknął drugi Pomocnik. –
Konkretne sprawy stały w miejscu, a sprawozdania szły do
przodu.

– A zatem – oświadczył Szef – nie ma czasu do stra-
cenia. Musimy teraz ruszyć pełną parą naprzód w stronę
przeszłości.

– O to chodzi, Szefie.

Powrót (3)

Szef powrócił.

– Na przykład – odezwał się jeden z Pomocników – jest sprawa budowy i sprawa rozbiórki…

Szef zrobił pauzę (jak bardzo już tęsknili za tymi pauzami) i rozpoczął:

– Rozważałem tę kwestię… i doszedłem do następującego wniosku: najważniejsze jest, aby nie robić dwóch rzeczy w tym samym czasie i w tym samym miejscu…

– Jak to, Szefie?

– Wydaje mi się – powiedział Szef – że najlepiej będzie, jeśli w jednym miejscu zaczniemy zwalać na ziemię, a w drugim wznosić do góry. Żeby nie mieszać jednego z drugim. Chciałbym zresztą oświadczyć, że nowa koncepcja, którą wypracowałem po moim powrocie, polega na…

– Na?

– Na…? – Szef uniósł bardzo wysoko brwi jak człowiek, który właśnie zadał nie byle jaką zagadkę. – Koncepcja ta polega na zwalaniu do góry! Czy to nie wzorowe sformułowanie? Zwalamy na ziemię stare budynki i zwalamy do góry nowe; a to dlatego, że w pewnym sensie w końcu wszystko kiedyś runie.

– To niemal koncepcja filozoficzna…

– Tak, bez wątpienia – przyznał Szef, który po ponownym przejęciu obowiązków służbowych robił wrażenie pełnego werwy młodzieńca – jest to koncepcja, która wprowadza pewne pojmowanie czasu. Wszystko się zmienia, moi drodzy, i wszystko to, co stoi, później upada. A zatem od dnia dzisiejszego będziemy pierwszym miastem, które buduje z pełną świadomością, że wszystko jest tymczasowe – *temporarium tudio* – krótko mówiąc: zwalamy budynki na ziemię i zwalamy budynki do góry.

– Brawo, Szefie. Z takim ładunkiem filozofii możemy nawet zaoszczędzić na cemencie.

– Nie pomyślałem o tym...

Parking

Mając na uwadze niezliczonych przedstawicieli ludu, kleru, a nawet szlachty, którzy nie orientują się w sprawach silników ani samochodów, Szef powiedział:

– Dosyć!

A po odzyskaniu równowagi złożył następującą deklarację:

– Dosyć!

– To znaczy…? – spytał ktoś.

– To znaczy, że już wystarczy – wyjaśnił Szef.

– A zatem dosyć?

– Tak.

Albowiem stara tradycja demokratyczna, polegająca na przydzielaniu samochodów różnej klasy zgodnie z hierarchiczną pozycją podmiotu, nie wydawała mu się już wystarczająca.

Nabrał przekonania, że nawet jednostka całkowicie nieobeznana z markami, z odmianami sprzęgła i silnika, powinna mieć możność odróżnienia gołym okiem zwykłego dyrektora generalnego od ministra.

Właśnie z tego ważkiego powodu zaczął ponownie zachwalać ekologiczny sposób poruszania się po mieście rowerami.

Rowery: czy można sobie wyobrazić bardziej aktualną technologię?

Tym sposobem na rządowym parkingu znalazło się teraz miejsce dla: jednego samochodu, dwóch motorynek, czterech rowerów, dziewięciu koni, a do tego jeszcze placyk przeznaczony dla ponad dwudziestu osiołków.

Zgodnie z dobrymi zasadami poszanowania porządku hierarchicznego – i pomimo różnicy prędkości osiąganej na prostych odcinkach – ci, którzy jechali na osiołkach, z przyzwyczajenia przybywali pierwsi.

– To taki dziecięcy żart – powiedział pan Kraus. – Kiedy polityk opowiada nam o niebie i wyciąga palec w górę, mówiąc: „Widzicie?", właśnie w tym momencie powinniśmy przyjrzeć się uważnie przedmiotom, które trzyma u siebie w piwnicy.

O rządzie oświeconym

Podczas zgromadzenia generalnego zbierało się tylu ministrów, że trzeba było zatrudnić jednego z tych pracowników kinowych, których rolą jest prowadzenie widza na wyznaczone miejsce.

Ponieważ obrady ministrów, zgodnie z odwieczną tradycją, odbywały się – podobnie jak filmy – w ciemności, pracownik ten był ze swoją latarką jedynym (dosłownie) człowiekiem, który coś przed sobą widział.

Kiedy tylko przybywał kolejny minister, pracownik, wspomagając się zawsze latareczką, wiódł go przez liczne rzędy foteli aż na przydzielone mu miejsce w radzie ministrów.

– W tym rzędzie, trzeci fotel od końca.

Przepraszając innych ministrów, którym od czasu do czasu przydeptywał stopy, nowo przybyły szedł na swoje miejsce.

Kiedy tylko człowiek z latarką się oddalał, w sali zapadała kompletna ciemność, przez co na porządku dziennym była sytuacja, w której Szef wołał nagle, uspokajając swoich towarzyszy:

– Tutaj jestem, tutaj!

Kiedy Szef zostawał zlokalizowany (po brzmieniu głosu), zaczynały się obrady.

Siedząc na tym samym krześle co zwykle, pan Kraus, skulony nad stolikiem, przygotowywał kolejne kroniki, robiąc przy tym notatki w zeszycie.

„Sprawa" tajemniczej konstytucji (ciała)

Narzekał, że do tego stopnia poświęcił się sprawie publicznej, iż nie ma czasu nawet na jedzenie, ale mimo to nie przestawał tyć. Wszyscy w jego otoczeniu byli więc przekonani, że sprawa publiczna musi mieć coś wspólnego z nadmiarem kalorii.

Motywy złożenia dymisji

Każde państwo powinno być rządzone w sposób roztropny, przy ostrożnym i wyważonym użyciu inteligencji. Dlatego kiedy jakiś polityk się zakocha, powinien natychmiast złożyć urząd.

Słowna punktualność

Pewien polityk tak często powtarzał te same słowa w tym samym, monotonnym rytmie, że jego koledzy zaczęli regulować małe wskazówki swoich zegarków według słów „Wolność", a duże według słów „Demokracja".

Decyzje prawne i inne (1)

– Ponieważ jestem istotą ludzką, każde zatwierdzone prawo, które krzywdzi choćby jednego człowieka, jest prawem prześladującym mnie osobiście. Przynajmniej tak to postrzegam.

W te oto słowa przemówił solidarny Szef, który był bardzo mocno związany z ludnością – tym bardziej że coraz pilniejsza stawała się potrzeba uciszenia uporczywych protestów, wybuchających po każdej zmianie prawa.

Bo rzeczywiście zawsze istniała pewna grupa osób, która czuła się pokrzywdzona.

Prawodawcy postanowili wówczas stworzyć prawo, które nie krzywdziłoby nikogo, ani jednej osoby, jednak nie udało im się.

Nawet kiedy uchwalali prawa dotyczące drzew lub wiatru, nie odnosili sukcesu. Zawsze wybuchały protesty. I to protesty ludzkie.

Jednak Szef nalegał:

– Uchwalcie prawo, które nie krzywdzi nikogo, ani jednej osoby, ani jednego staruszka, ani jednego nędzarza. Dosyć już tego.

– Pan nas nie prosi o prawo, Szefie, pan nas prosi o cud – odparli Pomocnicy.

– A kto zajmuje się taką odmianą prawa? – zapytał natychmiast Szef.

Nagle na sali zapanowała cisza.

Pomocnicy byli zakłopotani. Nikt nie potrafił udzielić Szefowi konkretnej odpowiedzi.

Gdzieś na końcu sali, pośród ogólnego milczenia i bezruchu, jeden z nowych Pomocników odważył się podnieść rękę.

– Słucham, panie Pomocniku na końcu sali.

– Szefie, nie znam wszystkich naszych struktur, ale jeśli w rządzie nie istnieje żaden departament odpowiedzialny za cudy, proponuję, aby taki departament stworzyć.

– Znakomity pomysł – odparł Szef z entuzjazmem.

Jednak z wyrazu jego twarzy od razu można było wyczytać, że przedstawione właśnie rozwiązanie nakłania go do nowego, uważnego pytania: czy na kartce formatu A4, zawierającej wykaz wszystkich struktur rządowych, znajdzie się jeszcze miejsce dla dodatkowego departamentu?

Decyzje prawne i inne (2)

Nadbiegł w podskokach prawodawca: znalazł sformułowanie dla dekretu, które, jak się zdawało, pozwalało osiągnąć cel – stworzyć prawo, które nie krzywdziłoby nikogo.

– Jak brzmi to sformułowanie, drogi prawodawco?

– Jest proste. O, tutaj je zapisałem.

I przeczytał:

– „Prawo to stanowi o tym, że prawo to nie stanowi o niczym".

– Ale czy to jest prawo?

– Jeżeli to zdanie – jako że w gruncie rzeczy, ekscelencjo, prawa są zdaniami – jeżeli to zdanie zostanie wydane w formie prawnego dekretu, stanie się tym samym dekretem z mocą ustawy.

– „Prawo to stanowi o tym, że prawo to nie stanowi o niczym" – mruczał pod nosem Szef, jak ktoś, kto powtarza fascynującą go linijkę wiersza.

– Jest to prawo absolutnie nowoczesne, nie sądzi pan?

– Owszem. Mimo że sprawia pozory prawa konformistycznego, w gruncie rzeczy jest prawem drastycznym.

– Ponieważ ludzie… – zaczął Szef, ale zamilkł.

– Tak, dokładniej rzecz ujmując: wszyscy chcą, aby nic się nie zmieniało, a życie mimo to stawało się coraz lepsze.

– Ech, nie będzie to łatwe.

– Nie. Jednak jeśli pójdziemy dalej w tym kierunku prawnym, będzie można skorzystać z pewnych wariantów. Na przykład: „Prawo to stanowi o tym, że można zrobić tak albo inaczej". I co? Czy to prawo nie mieści się w preferowanej przez nas kategorii praw, które nie wywołują żadnego protestu? „Prawo to stanowi o tym, że można zrobić tak albo inaczej". Proszę mi wybaczyć nieskromność, ale to sformułowanie jest wspaniałe.

– Owszem, nie jest złe. Jednak ja zawsze lubiłem tworzyć prawa konkretne, rzeczowe, takie, które ludzie by rozumieli.

– Och, Szefie, niechże pan nie będzie uparty.

Decyzje prawne i inne (3)

Szef nie był przekonany. Podobało mu się brzmienie prawa, jego rytm, sposób, w jaki się zaczynało i kończyło, jednak jeśli chodzi o treść – o, nie, ta go kompletnie nie przekonywała.

Jakby czegoś tu brakowało. Otóż to: czegoś tu brakowało. Ale czego?

Szef powtórzył po raz kolejny, tym razem głośno:

– „Prawo to stanowi o tym, że można zrobić tak albo inaczej". Już wiem! – mruknął. – Już wiem, czego brak odczuwam. Zdaję sobie sprawę, że jest to bardzo osobisty odbiór, ale chodzi o to: prawo to zezwala na zrobienie tak albo inaczej – i bardzo dobrze, jednak powstaje pytanie: czego? Do czego się to prawo odnosi?

– Tego nigdy się dokładnie nie wyjaśnia – odparł z pobłażliwością starszy z Pomocników. – Zawsze pozostawia się pewną dwuznaczność, nieokreśloność. Mówi się o czymś, tak jakby wszyscy wiedzieli, czym to coś jest. Ja nie wiem, czym to jest, Szef tego nie wie i nikt inny tego nie wie, jednak mogę pana zapewnić, że ludność lubi tego typu prawa.

– Lubi?

– Naturalnie, że lubi. Móc zrobić tak albo inaczej? Jak można nie lubić tego typu wskazań?

– Ale co to zmienia? – spytał Szef. – Co, na przykład, zmienia zapis: „Prawo to stanowi o tym, że prawo to nie stanowi o niczym"?

– Niczego nie zmienia.

– Niczego?

— Niczego. Ale właśnie tego chce ludność.

— A wie pan, czego ja chcę?! — wykrzyknął Szef swoim entuzjastycznym tonem. — Ja chcę zrobić wszystko, ale to wszystko dla ludności!

— W takim razie, Szefie, niech pan niczego nie robi. Nie zauważą żadnej różnicy.

– Głębokie lektury… – szepnął pan Kraus.

Polityk nie czyta książek, czyta najwyżej ich tytuły. Z ludźmi postępuje tak samo.

O narodowych środkach do walki z powietrza (1)

– Drodzy Pomocnicy, jestem bardzo rozgniewany.

– Dlaczego, Szefie? Znów jakiś nieprzyjemny artykuł?

– Nie, dzisiaj to nie z powodu gazety, tylko z powodu ludzi.

– Ach, w takim razie to nic poważnego!

– Nie o to chodzi: dowiedziałem się, że nie mamy odpowiednich środków, żeby zwalczać pożary z powietrza, choć i to są tylko półśrodki. Czy to prawda, że nie mamy nawet półśrodków?

– To nieprawda! – powiedział z oburzeniem jeden z Pomocników. – To nieprawda!

– To nieprawda – zawtórował drugi Pomocnik.

– Mamy półśrodki – zapewnił Pierwszy Pomocnik.

– Mamy półśrodki! – podkreślił Drugi.

– Mamy dwa półśrodki – dorzucił Pierwszy Pomocnik, unosząc wysoko w górę dwa paluszki.

– Dwa?

– Tak, dwa półśrodki.

– Ile nam to daje?

– Dwa półśrodki dają jeden cały środek do walki z powietrza.

– Jeden?! – wykrzyknął Szef, unosząc w górę palec, aby wyrazić swoje oburzenie.

– Zgadza się, dwa półśrodki równa się jeden środek. Półśrodek plus półśrodek.

– Ale oprócz tego helikoptera, który działa – zauważył Pierwszy Pomocnik – mamy jeszcze drugi helikopter, który nie działa.

– To także się liczy – szepnął Drugi Pomocnik.
– A czym on się zajmuje? – spytał Szef.
– Obserwacją.
– Bacznością.
– Jest niezwykle czujny.
– Helikopter?
– I radio działa!

O narodowych środkach do walki z powietrza (2)

– Problem dotyczy raczej samego pojęcia.

– Jak to, pojęcia? – spytał Szef.

– Kiedy mówią nam, że nie mamy środków, aby walczyć z ogniem z powietrza, to chciałoby się zapytać: Co państwo wiedzą na temat pojęcia: „środki do walki z powietrza"?

– Właśnie tak chciałoby się zapytać – zgodził się Drugi Pomocnik.

– Chodzi o to, że istnieją dwa typy środków do walki z powietrza – wyjaśnił Pierwszy Pomocnik. – Wysokie środki do walki z powietrza oraz niskie środki do walki z powietrza. Wysokie środki do walki z powietrza...

– ...to te, które latają – dokończył Drugi Pomocnik.

– A niskie środki do walki z powietrza...

– ...to te, które nie latają! – dokończył Szef, uśmiechając się z satysfakcją (uwielbiał dokańczać zdania).

– Tak właśnie!

– Nawet jeśli prawdą jest, że nie mamy wielu środków, które latają, to już środków, które pędzą po ziemi, niewątpliwie pewną liczbę posiadamy.

– Wielką liczbę – dodał Drugi Pomocnik.

– Ale czy tymi niskimi środkami do walki z powietrza – szepnął Szef – przystosowanymi do zwalczania ognia są... samochody?

– Nie, Szefie...

– Są nimi... strażacy!!!

– Strażacy?

– Tak, strażacy. Ale pan niech zapomni o tym słowie. Nowe określenie strażaków, wprowadzone przez nas, od dzisiaj brzmi, ni mniej, ni więcej, tylko NISKIE ŚRODKI DO WALKI Z POWIETRZA.

– A wozy strażackie?

– Nawet nie wszystkie są zepsute.

O narodowych środkach do walki z powietrza (3)

– A zatem wysokie środki do walki z powietrza to te, które latają, a niskie środki do walki z powietrza to te, które nie latają.

– Tak.

– Jednak musimy dokonać jeszcze podziału na dwie podgrupy: wśród niskich środków do walki z powietrza wyróżniamy wysokie niskie środki do walki z powietrza oraz niskie niskie środki do walki z powietrza.

– Jak to?

– Obieramy sobie pewien punkt odniesienia: metr siedemdziesiąt pięć. Strażacy o wzroście poniżej metra siedemdziesięciu pięciu należą do niskich niskich środków do walki z powietrza. Ci nigdy nie atakują ognia z góry.

– Znakomicie.

– Strażacy o wzroście powyżej metra siedemdziesięciu pięciu są wówczas wysokimi środkami wśród niskich środków do walki z powietrza.

– Znakomicie.

– Mając na uwadze ludzkie rezerwy oraz wzmiankowane kryteria wzrostu, postanawiamy jeszcze, że do helikoptera wchodzą tylko strażacy poniżej metra siedemdziesięciu pięciu. Dzięki temu zostanie na ziemi więcej środków pozornie niskich, lecz tak naprawdę wysokich.

– Piękna decyzja strategiczna.

– Owszem.

– Jest tylko jeden problem – szepnął nagle Szef.

Wszyscy zamilkli. Szef zastanawiał się nad czymś z ręką uniesioną w górę.

– Problem jest taki – powiedział Szef – że uznając strażaków za niskie środki do walki z powietrza, rzeczywiście dysponujemy wielką obfitością środków do walki z powietrza...

– A więc?

– Ale zostajemy pozbawieni środków do walki na ziemi!

– Och, Szefie, nie pomyśleliśmy o tym!

Niektórzy sąsiedzi pana Krausa, spotykając go, mówili:

– Czytałem w gazecie pana kroniki…

Lecz pan Kraus, nie dając im szans na dokończenie wypowiedzi, uśmiechał się tylko, dziękował lekkim skinieniem głowy, mamrotał coś półgębkiem i ruszał w swoją stronę: „Przepraszam, śpieszę się…".

Jednak tego dnia pan Kraus, kiedy był już daleko, rzucił jeszcze, niemal krzycząc:

– Żeby tak przynajmniej pistolet! Zdrowy rozsądek polega na tym, aby w dwudziestym pierwszym wieku nie używać szpady! Przynajmniej pistolet…

Szef, który dawał przykład

Szef lubił dawać przykład. Poza tym nie lubił nikomu dawać niczego.

Kiedy zgłaszał się do niego jakiś nieszczęśnik, mówiąc: „Potrzebuję pewnego wsparcia, żeby rozkręcić firmę...", Szef natychmiast wygłaszał zdanie:

– Proszę posłuchać, na przykład... – po czym następowała długa rozprawa, podczas której rzeczywiście dawał różne przykłady.

Kiedy taki nieszczęśnik wracał do domu, żona pytała go:

– No i jak poszło z Szefem? Dał ci wsparcie?

A mężczyzna odpowiadał:

– Dał mi przykład.

Zdarzało się też, że ludzie prosili Szefa o rzeczy bardzo konkretne.

Na przykład o to, aby polecił załatać dziurę w jakiejś drodze – dziurę, przez którą wydarzyło się już wiele wypadków.

– Och, Szefie, czy byłoby możliwe wydanie polecenia, aby ktoś załatał tę dziurę?! Ona stanowi zagrożenie! A dla pana to żaden problem. W dwie godziny będzie zrobione.

A Szef mimo to nie tracił zimnej krwi:

– Wie pan, tu chodzi o coś innego... – mówił na początek i zaraz ruszał dalej – widzi pan, na przykład...

I podawał swój przykład.

Dlatego kiedy rozmówcy Szefa wracali do domu, znów następował podobny dialog:

– No i jak, Szef polecił naprawić drogę?

– Nie. Dał mi przykład.

I tak było zawsze. Nie dawał wsparcia osobom, które potrzebowały wsparcia, nie dawał pieniędzy osobom, które potrzebowały pieniędzy, nie dawał ubrania osobom, które potrzebowały ubrania, nie dawał domu osobom, które potrzebowały domu, nie dawał parasola osobom, które mokły na deszczu. Krótko mówiąc: nie dawał żywności, nie dawał wody, nie dawał koców, nie dawał lampy, szczypty soli, śrubki, niczego, nie dawał nikomu niczego, niczego! Dawał tylko przykład.

Płacenie wyższych podatków jest bardzo dobre dla tych, którzy płacą wyższe podatki (1)

– Chodzi w gruncie rzeczy…
– Tak, Szefie. W gruncie rzeczy!

Szef zakaszlał. Był w połowie zdania – to nie była jeszcze pora na służalcze wtręty.

– Chodzi w gruncie rzeczy – podjął wątek zirytowany Szef – o problem wiary, a nie pieniędzy.

– Wiary, Szefie? – szepnął Pierwszy Pomocnik.

– Tak, wiary. Musimy dać ludziom przekaz, że podatki są dobre dla osoby, która płaci podatki. Im więcej płaci, tym lepiej dla niej. W to właśnie powinna uwierzyć.

– Och, Szefie…

– Musimy też zakomunikować to ludziom w sposób pedagogiczny, posługując się przy tym, na tyle, na ile to możliwe, złożonymi formułami i złożonymi wywodami ekonomicznymi.

– Ale czy nie to właśnie nieustannie robimy? – spytał szeptem Pierwszy Pomocnik.

– Czy nie jesteśmy już wystarczająco złożeni? – spytał Drugi z lękiem w głosie.

– Otóż to! – odparł natychmiast Szef. – Czasami szanowni panowie upraszczają, co jest rzeczą fatalną.

– Życie nigdy nie jest proste – rzucił od razu, tonem filozoficznym, jeden z Pomocników.

– Właśnie. Dlatego powinniśmy jeszcze więcej zainwestować w nasz wizerunek – technologiczny i niejasny. Powinniśmy więcej zainwestować w złożoność.

– Musimy zatrudnić więcej ekonomistów!

– Oczywiście.

Płacenie wyższych podatków jest bardzo dobre dla tych, którzy płacą wyższe podatki (2)

– Pytanie jest proste: podatki są po to, aby polepszać życie w kraju, zgadza się?

– Zgadza.

– A więc…

– A więc: im wyższe obywatel płaci podatki, tym bardziej kraj polepsza jakość swojego życia.

– Bądź też…

– Bądź też: im mniej pieniędzy dostaje miesięcznie na życie każdy obywatel – z racji płacenia wyższych podatków – tym więcej pieniędzy, w ogólnym rozrachunku, ma kraj. W najściślejszym ujęciu: kiedy ktoś kupuje bułkę z masłem i ją zjada, to, obiektywnie rzecz biorąc, kradnie krajowi bułkę z masłem.

– To znaczy: im gorzej żyje każdy obywatel, tym lepiej żyje kraj.

– Właśnie.

– A zatem niech żyje kraj! – zawołał Pierwszy Pomocnik.

Drugi zgodził się z nim.

– Pytanie brzmi: służymy interesom pojedynczego obywatela czy kraju jako całości?

– Kraju jako całości, Szefie! – zakrzyknęli jednym głosem Pomocnicy.

Po czym powtórzyli, unosząc w górę ręce:

– Jako całości! Jako całości!

– A kraj należy do wszystkich! – podkreślił Pierwszy Pomocnik.

– Tak, do wszystkich!

– A zatem jeśli naszym patriotycznym celem jest polepszenie jakości życia kraju, musimy…

– Pogorszyć jakość życia każdego obywatela!

– Otóż to!

– Niektórzy politycy pojmują słowo „naród" jako pseudonim – powiedział pan Kraus. – Potem mruknął: – Demokracja! – I zamilkł.

Po chwili dodał:

– Jeżeli członek narodu będzie zgadywał cztery razy, kierując się swoją inteligencją, i dodatkowo cztery razy, zdając się na przypadek, według optymistycznej statystyki ma cztery szanse trafienia.

Jego sąsiad, pan Henri, pokiwał twierdząco głową.

Spis treści (1)

Do siedziby zarządu wkroczył olbrzymi Orszak Ekonomistów. Przynieśli ze sobą gigantyczne sprawozdanie. Była to diagnoza opisująca szczegółowo stan gospodarczy kraju. Trzy miesiące pracy, w którą zaangażowano trzydzieści dwa tysiące Ekonomistów. Zostali sowicie wynagrodzeni, ale na to zasłużyli: sprawozdanie liczyło ponad sześćdziesiąt stron. Plus spis treści.

I właśnie spisem treści zajął się Szef.

– To niezwykle pomocne. Ułatwia konsultację – stwierdził zdumiony.

– Niezwykle pomocne – zgodził się Przewodniczący Orszaku Ekonomistów. – Szef widzi tutaj poruszony w sprawozdaniu temat, a tuż obok, dosłownie odrobinkę dalej, mamy podany numer strony.

– Wspaniały pomysł!!! – wykrzyknął Szef.

– Był już wykorzystywany w innych pracach innych osób, także poza dziedziną polityki. A nawet w innych krajach. W przypadku, kiedy sprawozdanie jest bardzo obszerne, wskazówka dotycząca strony, na której dany temat jest pogłębiony, pozwala osobie badającej dokument nie tracić zbyt wiele czasu na szukanie kwestii, która ją interesuje.

Szef był zafascynowany. Ten spis treści. Co za pomysł!!! Nie ulegało wątpliwości, że otaczali go właściwi ludzie. Ci Ekonomiści!!!

– Ten spis treści robi wrażenie – powtarzał z uporem Szef.

I raz po raz wodził wskazującym palcem po pierwszej stronie sprawozdania, od lewej do prawej, z góry na dół, drobiazgowymi ruchami ślepca, który odczytuje tekst napisany brajlem.

– O, jest! – szepnął Szef, ledwo powstrzymując swój zachwyt. – Gdybym był na przykład zainteresowany tematem „bieda w ogólnym ujęciu", zaglądam do spisu treści i oto jest: strona 122. To nadzwyczajne! Bieda w ogólnym ujęciu: strona 122. Jak cudownie!

– To jest spis treści, Szefie.

Spis treści (2)

Szef nadal zachwycał się spisem treści sprawozdania gospodarczego.

– Nadzwyczajne!

– Jest przydatny, to nie ulega wątpliwości, ale to tylko spis treści – mruknął ktoś z tyłu, już poirytowany...

– Ważne, że Szefowi coś się podoba... – szepnął jeden z Pomocników do Przewodniczącego Ekonomistów, którego zaczynało już powoli opanowywać zniechęcenie. Opisali wszystkie problemy kraju. Z tysiącami obliczeń, najróżniejszymi liczbami, propozycjami praktycznych i teoretycznych rozwiązań. A Szef nic. Był oczarowany spisem treści, kipiał euforią jak pierwszy Człowiek, który poznał działanie telefonu.

Przewodniczący Orszaku Ekonomistów, coraz bardziej zniecierpliwiony, próbował nad sobą zapanować:

– To jedynie kwestia pewnego porządku. To jest spis treści, nic takiego... Za to dalej przedstawiamy cztery propozycje, absolutnie kluczowe, jeśli chodzi o rozwiązanie problemu biedy w naszym kraju.

A mówiąc to, jednocześnie starał się – naturalnie z niezmienną delikatnością – rękoma zmusić Szefa, aby przeszedł do środka sprawozdania. Jednak dłonie Szefa, odpowiadające z niesłabnącym wigorem, nie puszczały. Sprawozdanie miało pozostać otwarte na spisie treści. Aż do końca zebrania.

– To rzecz niezwykle ważna – powtarzał z uporem Szef, który wciąż mocno przyciskał obiema dłońmi stronę ze spisem treści i, jak się zdawało, niczego nie słyszał. – To przykład pewnego uporządkowania, które powinno być zastosowane w całym kraju. W całym: od góry do dołu. Od lewej do prawej. Cały kraj powinien mieć spis treści.

— Mamy cztery propozycje… — spróbował ktoś ponownie, ale urwał.

— To tylko spis treści… — szepnął jeszcze Przewodniczący Orszaku, który złożył już broń: siedział zniechęcony z opuszczonymi rękami i pustką w oczach.

— Szefie — zapytał w końcu jeden z Pomocników — czy wprowadzimy sprawozdanie do kanonu lektur szkolnych?

Pan Kraus dostarczył do gazety ostatnią kronikę. Zmierzch zapadał tak samo jak wczoraj i wkrótce na świecie miał się pojawić inny Szef, a potem jeszcze inny i jeszcze inny. A jednak zawsze ten sam.

Upadek

To był jeden z tych zimniejszych dni, kiedy oddychanie staje się działalnością publiczną, czymś widzialnym.

– W te mroźne dni nikt nie oddycha z dyskrecją – powiedział Szef.

I była to prawda: wydech każdego osobnika zostawiał w powietrzu ślad, przez co wydawało się ono zabarwione lub zarysowane innym kolorem. W tych dniach oddychanie nie było już czynnością prywatną lub dzieloną wyłącznie przez zakochane pary. Oddychanie było niczym dyskusja, tyle że odbywało się ciszej.

– Wydychanie staje się niemal równie widzialne jak śpiewanie.

– To prawda.

– Jak głos, który nie mówi – zauważył Szef.

– Pana oddech wygląda wręcz cudownie! – rzekł nagle Pomocnik, jakby właśnie coś sobie przypomniał.

Pomocnik mówił dalej:

– Wasza Ekscelencjo, w te zimne dni nawet nie trzeba niczego mówić. Po samym wyglądzie powietrza, które wydobywa się z wnętrza Waszej Ekscelencji, widać wyraźnie, że gdyby tylko Wasza Ekscelencja zechciał przemówić, przemówiłby jak nigdy przedtem. Pana powietrze jest cudowne! – powtórzył.

Szef podziękował, starając się przybrać skromny wyraz twarzy. Był w tym dobry, odnajdywał się w roli cyrkowca – umiał robić miny. Trzymał je gdzieś w zanadrzu, tak jak się trzyma w kieszeni karteczki z numerami telefonu. Kiedy potrzebny jest jakiś numer, szuka się w kieszeni odpowiedniej karteczki. Z nim było tak samo: szukał w sobie miny, która pasowałaby do danej chwili. I zabierało mu to jedynie drobne ułamki sekundy. Był wyćwiczony.

– Przesadza pan – odparł Pomocnikowi.

– Nie, nie, jest cudowne. Nikt tak nie wydycha!

W rzeczywistości Szef słuchał tych słów, tak jak ktoś słucha, że dwa plus dwa równa się cztery. Mówiono mu rzecz oczywistą: był znakomity z każdego punktu widzenia, a jego wydech – zwłaszcza wydech – był cudowny! W jakiś sposób czuł, że gdyby świat – nie w ogólnym pojęciu tego słowa, tylko świat konkretny, natura, składniki atmosfery – umiał mówić i był uprzejmy, to podziękowałby mu za tę olśniewającą sztukę wydalania dwutlenku węgla. Nikt nie wydala dwutlenku węgla tak jak ja – myślał Szef. Niemniej jednak na głos nadal wypowiadał zdania pełne skromności.

– Pan przesadza, panie Pomocniku. Mój wydech to po prostu powietrze.

– Powietrze?! – wykrzyknął Pomocnik. – Ależ nie, nic podobnego. To coś innego. W sposobie, w jaki pana wydech odcina się od reszty atmosfery, jest coś, co przypomina historie ze starożytnej mitologii. Jest w tym coś tajemnego i zagadkowego.

Szef lubił słuchać Pomocnika, można powiedzieć, że muzyka jego słów przynosiła mu ukojenie. W istocie wdrapali się po schodach na czwarte piętro, a on nawet nie zdawał sobie z tego sprawy.

Wtedy właśnie odkrył prawo łączące świat fizjologii ze światem psychologii: kiedy ktoś jest wychwalany, to zapomina o zmęczeniu. Gdyby jakiś osobnik – myślał sobie Szef – był wychwalany przez całą drogę, to bez problemu wszedłby na własnych nogach na szczyt wieży Eiffla. Tak mu się ten pomysł spodobał, że nawet przystanął, aby opisać go w swoim notesie. W wolnej chwili odprzeda swoją teorię niewydolnym lekkoatletom.

Epilog

Szef i dwaj Pomocnicy byli już na tarasie, na czwartym piętrze budynku, stojąc twarzą w twarz z mrozem. Jeden z Pomocników szalał, niemal podskakiwał z radości.

– Niech pan spojrzy, Szefie, na swój wydech. Jest nadzwyczajny, widzi pan ten kolor?! – Pomocnik wyciągnął wskazujący palec w stronę strugi dwutlenku węgla, która wydobywała się z ust Szefa. – Jest cudowny, cudowny!

Szef uśmiechnął się, choć odnosił wrażenie, że Pomocnik zaczyna przesadzać: do cholery, jest Szefem, ale jego płuca oraz wszystkie drogi oddechowe, odpowiedzialne za wydobywanie się powietrza z jego wnętrza, są takie same jak u każdego innego człowieka. Jestem takim samym człowiekiem jak inni – myślał. Mimo to zawierzał Pomocnikowi. Jeżeli mówi, że jego wydech jest wyjątkowy i wspaniały, to znaczy, że tak jest naprawdę. I Szef wychylił się, aby obejrzeć z bliższej odległości powietrze dobywające się z jego ust.

– Owszem, jest dość niepospolite, lecz…

– Niech pan się przyjrzy z bliska – zachęcił Pomocnik. – Proszę się wychylić. Dopiero z bliska dobrze widać.

Szef ledwo hamował swoją radość – doprawdy, coś takiego, nawet mój oddech się wyróżnia, to nadzwyczajne! – i opierając się brzuchem o balustradę tarasu, w dalszym ciągu się wychylał. Chciał zobaczyć z bliska to, co wydobywało się z jego najgłębszego wnętrza.

– Proszę spojrzeć – ciągnął Pomocnik – kiedy pana wydech skierowany jest z góry w dół, tutaj coś widać... cóż za niezwykła władza!

Jak już powiedzieliśmy, znajdowali się na czwartym piętrze. I właśnie wtedy się to stało.

Ponieważ Pomocnik był w trakcie wygłaszania pochwały, nie zdołał w porę zapobiec tragedii. Bo Szef naprawdę chciał zobaczyć, jak wygląda wydychane przez niego powietrze, kiedy skierowane jest z góry w dół. Wychylił się więc jeszcze dalej do przodu. I jeszcze dalej. I dalej. I dalej. I dalej.

Aż przesadził i nie zdążył się w porę cofnąć.

PAN CALVINO

Spis treści

Trzy sny: pierwszy sen Calvina

Z wysokości ponad trzydziestu pięter ktoś wyrzuca przez okno buty Calvina i jego krawat. Calvino nie ma czasu na zastanowienie, jest spóźniony, również rzuca się z okna, jakby ruszając w pościg. Dosięga butów jeszcze w powietrzu. Najpierw prawego: zakłada go; potem przychodzi czas na lewy. W powietrzu, wciąż spadając, stara się przyjąć najodpowiedniejszą pozycję, aby zawiązać sznurowadła. Ponosi raz porażkę w przypadku lewego buta, ale próbuje znowu i udaje mu się. Spogląda w dół, widać już ziemię. Ale przedtem krawat; Calvino leci głową w dół, gwałtownym zamachem prawej ręki chwyta go w powietrzu, po czym pośpiesznymi, lecz nieomylnymi ruchami palców robi węzeł: krawat jest już na szyi. Spogląda ponownie na buty: sznurowadła są porządnie zawiązane; ostatni raz poprawia węzeł krawata, w samą porę, bo już czas najwyższy: nieskazitelny ląduje na ziemi.

Drugi sen Calvina

Nagle motyl. Calvino zamyka okna: nie chce, żeby odleciał.

Motyl osiada na swoim cieniu, jakby ten był jakimś podłożem – najdelikatniejszym czarnym dywanem – a nie złudzeniem.

Ale w jednej chwili motyl się unosi, osiada na nogach pięknej kobiety, która ma na sobie króciutką spódniczkę; następnie podlatuje do stołu i siada na stronicach otwartego podręcznika do algebry. Calvino widzi: motyl wspiera się małymi łapkami na równaniu drugiego stopnia. Calvino spogląda na równanie, potem na motyla, ale ten znowu odlatuje, tym razem w kierunku kuchni. Calvino śledzi go, a potem – dreszcz! Na stole surowy befsztyk, motyl krąży nad mięsem, ale dłoń Calvina w porę go odgania – niektóre zabiegi przynoszą pecha. Motyl oddala się, ucieka, przysiada na obrazie, ale zaraz potem znów wzlatuje do góry i zbliża się do lewego ucha Calvina.

Calvino czuje, jak barwy sięgają jego słuchu, i uśmiecha się, nie przestaje się uśmiechać, podczas gdy motyl wnika przez ucho, łapka za łapką, skrzydełko za skrzydełkiem, do środka głowy. Jest już w środku i zaczyna fruwać – małe skrzydełka otwierają się i zamykają delikatnie i Calvino czuje się dobrze, bardzo dobrze: tak jakby od teraz już nie musiał o niczym myśleć, jakby świat został ostatecznie rozważony i naprawiony, bez potrzeby jakichkolwiek wyrzeczeń ze strony ludzi. Calvino czuje się szczęśliwy.

Jednak, mimo że wciąż jest we śnie, Calvino się budzi. Silny ból głowy: i robi wrażenie, jakby nie chciał ustąpić.

Trzeci sen Calvina

Jest tak zajęty dyskusją ze swoim wspólnikiem na temat jakichś procentów, że nie zdaje sobie sprawy, co się dzieje: zostają połknięci przez wieloryba. W brzuchu wieloryba Calvino nie przestaje dyskutować o procentach. Teraz już rozumie, co to za interes; chodzi o sprzedaż ropy i książek. Kto ma ile dostać? Dyskusja jest gorąca i Calvino jest nią coraz bardziej pochłonięty; potem odwraca się plecami do wspólnika i wychodzi na ulicę: przygląda się osobom przechodzącym z jednej strony na drugą. Ci nieliczni, którzy się nie śpieszą; ci, którzy przystają, dyskutują między sobą, również o procentach: trzydzieści, nie, trzydzieści siedem!, nie, nie, trzydzieści dwa! Wszyscy dyskutują, on sam nie może przestać mówić do samego siebie: czterdzieści trzy procent, co najmniej czterdzieści trzy procent!

Jednocześnie nie ustępuje wrażenie, że wszyscy znajdują się w brzuchu wieloryba, że ci ludzie, których widzi w mieście, przechodzący w pośpiechu z jednej strony ulicy na drugą, dyskutujący o procentach, jak również on sam, już dawno temu zostali pożarci.

Balon

Zdarzało się, że Calvino przez cały tydzień chodził po mieście z pękatym balonem. Wykonywał swoje normalne, codzienne czynności w ten sam sposób, co zawsze: poranne przechadzki, głośne i przekonujące: „Dzień dobry!", kierowane do każdej osoby, którą mijał w dzielnicy, pilne wypełnianie służbowych obowiązków, unormowane odżywianie się podczas obiadu oraz pozbawione rozsądku i norm odżywianie się podczas śniadania, harmonogram i punktualność z ich klasycznym rygorem, konserwatywny i dyskretny sposób ubierania się i uśmiechania; krótko mówiąc, nie zmieniało się nic – od wstania z łóżka do pójścia spać – z jednym wyjątkiem: między kciukiem i palcem wskazującym prawej dłoni ściskał z precyzją zegarmistrza sznurek, do którego uwiązany był pękaty balon; sznurek, którego przez cały dzień nie wypuszczał z ręki. W pracy, w domu, na ulicy, w sklepie spożywczym, gdzie prosił czasem o „jabłka bardziej różowe niż naiwne dziewczęta", w kawiarni, idąc raz szybciej, raz wolniej, stojąc lub siedząc, pan Calvino nie wypuszczał z ręki balonu, martwiąc się nieustannie, że może pęknąć.

Czasami przywiązywał sobie sznurek z balonem do przegubu.

W biurze, gdzie niezbędne były dwie wolne ręce, mocował sznurek do klucza w szufladzie i balon tam pozostawał, tuż obok niego, milczący, zawsze obecny; jak się czasem zdawało, odgrywał na jego biurku rolę rodzinnych fotografii, jakie niektórzy koledzy umieszczali na swoich sekretarzykach. Kiedy dawała o sobie znać naturalna potrzeba, szedł do toalety razem z balonem, a potem, będąc już w środku, z całą delikatnością kogoś, kto stawia kruchy dzbanek na chybotliwym blacie, owijał sznurek wokół klamki w drzwiach i niemal kusiło go, aby powiedzieć z czułością, tak jak niektórzy mówią do swoich zwierząt: „Zaczekaj tu chwilkę".

Korzystając w godzinach szczytu z publicznych środków transportu, pan Calvino trzymał balon nad głową, przez całą drogę z wysiłkiem wyciągając rękę wysoko w górę, tak aby nie pękł wskutek czyjegoś nieostrożnego ruchu. W domu, przed pójściem do łóżka, kładł balon przy nocnym stoliku i wtedy, tak, wtedy dopiero zasypiał.

Poświęcanie nadzwyczajnej uwagi (mimo że tylko przez kilka dni) obiektowi tego rodzaju było dla Calvina zasadniczym ćwiczeniem, pozwalającym mu kształtować swój sposób patrzenia na rzeczy tego świata. W gruncie rzeczy balon był prostym systemem ujmowania Niczego. System ten, pospolicie nazywany balonem, w istocie otaczał cienką warstewką lateksu drobniutką część ogółu powietrza na świecie. Bez tej kolorowej warstewki powietrze to, teraz jakby podkreślone i odstające od reszty atmosfery, przemknęłoby kompletnie niezauważone. Dla Calvina wybieranie koloru balonu oznaczało przypisywanie koloru temu, co nie ma znaczenia. Tak jakby decydował: dzisiaj to, co nie ma znaczenia, będzie niebieskie.

A niemal niezrównana delikatność balonu zobowiązywała jeszcze do różnych opiekuńczych gestów, przypominających Calvinowi o tym, jaki niewielki dystans dzieli ogromne i silne życie, które teraz ma, od ogromnej i silnej śmierci, która, jak nieznany, lecz hałaśliwy owad, nieustannie wokół niego krąży.

Okno

Jedno z okien Calvina zakrywały dwie firanki, które, kiedy łączyły się w środku, można było razem spinać. Ta po prawej miała guziki, a ta po lewej odpowiednie dziurki.

Kiedy Calvino chciał przez to okno zerknąć, najpierw musiał rozpiąć siedem guzików, jeden po drugim. Dopiero potem rozsuwał firanki i mógł wreszcie patrzeć, obserwować świat. Na koniec, napatrzywszy się już do woli, ściągał dwie firanki do środka i zapinał wszystkie guziki. To było zapinane okno.

Kiedy je rankiem otwierał, rozpinając powoli guziki, odczuwał w swoich ruchach erotyczne napięcie kogoś, kto delikatnie, ale i z niepokojem rozpina bluzkę swojej ukochanej.

Patrzył wówczas przez okno w odmienny sposób. Tak jakby świat nie był rzeczą dostępną w każdej chwili, lecz właśnie czymś, co wymaga od niego i od jego palców szeregu drobiazgowych ruchów.

Świat widziany z tego okna nie był tym samym światem.

Makaron z liter (zupa)

Pan Calvino wycierał uważnie serwetką resztki liter, które widniały jeszcze wokół jego ust, ale zdarzało się, że ta lub inna przetrwała. Na przykład po tym śniadaniu jedno A trzymało się uparcie po prawej stronie podbródka.

Calvino, przeglądając się teraz w lustrze, nie mógł wyjść z podziwu dla oporu, jaki ta litera potrafiła stawić wcześniejszym energicznym ruchom jego serwetki, i obserwował to A, tak jak ktoś obserwuje alpinistę, który czepia się rozpaczliwie skały, żeby nie runąć w dół. Rzeczywiście, wydawało się, że ta litera stawia opór i jakby prosi przy tym – to słowo przyszło nawet Calvinowi do głowy – o współczucie.

Tego dnia Calvino postanowił przymknąć na to oczy. W całej tej scenie było coś, co go poruszyło.

Tak więc wyszedł na ulicę z pełną świadomością, że po prawej stronie podbródka ma A. Malutkie A.

Wielu ludzi wytrzeszczało oczy ze zdziwienia na widok tej alfabetycznej ingerencji i uwagi Calvina nie uszło to, że niektórzy nieznajomi powstrzymywali się w ostatniej chwili, aby nie powiedzieć: „Przepraszam bardzo, ale A spada panu z podbródka!" Jednak nikt na to się nie odważył.

Sam zaś nie zamierzał robić nic, aby to wydarzenie przyśpieszyć: kiedy zadecydują tak okoliczności, A spadnie z jego podbródka. Calvino postanowił więc pozostawić je losowi i naturalnym tarciom przyrody.

Problemy i ich rozwiązanie

Pan Calvino był bardzo wysoki i łóżko do niego nie pasowało.

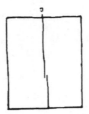

Kiedy spał tak, jak to przedstawia rysunek powyżej, głowa wystawała mu za łóżko. Czuł wtedy, jak pomysły skapują mu jeden po drugim na ziemię, niczym z dziurawego wiadra na wodę. Budził się wyjałowiony, bez jakiejkolwiek inicjatywy.

Z drugiej strony, kiedy spał tak:

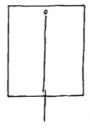

wystawały mu nogi i nie potrafił uwolnić się od wrażenia, że spada. A najgorsze było nie samo wrażenie upadku, lecz to, że nigdy nie pojawia się ziemia. Budził się kompletnie wyczerpany.

W związku z tym pan Calvino spał zawsze na ukos:

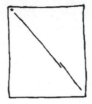

W ten sposób nie tylko żadna część jego ciała nie wystawała za łóżko, ale wydawało mu się też, że przemierza noc w szybszym tempie.

Ledwo zasnął, już się budził.

Zwierzę Calvina

Rankiem Calvino udawał się do kuchni, aby nakarmić Wiersza. Zwierzę pochłaniało wszystko: żaden pokarm nie był dla niego odpychający ani dziwny. I wszystko w jego mniemaniu było pokarmem.

Wieczorem, po wykonaniu pilnych zadań, pan Calvino pieścił jego sierść z delikatnością i pełną wprawy, pozorną nieuwagą harfistów. W chwilach tych wszechświat zwalniał swoje obroty i nabierał inteligentnej ospałości małych kotków.

Kąpanie Wiersza nie było łatwe – jakby bronił się przed czystością, domagając się nagłymi podskokami pewnej rozpasanej wolności, którą może zapewnić tylko trwanie w brudzie. Ale czymś znacznie gorszym było robienie temu stworzeniu zastrzyku. Była to jedyna okazja, kiedy w stronę Calvina wyciągały się pazury. To zwierzę wolało chorować niż być kurowanym.

Pewnego dnia zwierzę wypadło z okna na drugim piętrze i zdechło.

Nazajutrz Calvino adoptował inne.

I dał mu to samo imię.

Osobnik strategiczny

Jeśli chodzi o niestrudzoną działalność pewnego leniwego osobnika, który uważał, że życie służy jedynie za pretekst do odpoczywania, Calvino podał następującą relację:

Cofał się aż do miejsca, w którym bardziej się już cofnąć nie mógł. Z tyłu była przepaść.

Następnie ruszał do przodu.

Jednak szedł tylko do miejsca, w którym miał za sobą przestrzeń odpowiednio dużą, aby się cofnąć. Nie szedł dalej do przodu. To nie było potrzebne.

Posuwał się do przodu tylko na odległość pozwalającą się cofnąć.

Potem ponownie się cofał aż do miejsca, w którym bardziej się już cofnąć nie mógł.

Na tym mijały mu dni.

Z tyłu była przepaść. Posuwając się zbyt daleko do przodu, męczył się.

I tak chodził między tutaj i tam.

Nocą spał, żeby zebrać siły.

Czasem spał tutaj, czasem tam. Ale nigdy dalej.

Przenosząc równoległe (sobotnie poranki)

Już nikt się nie dziwił, jednak nie przestawano się przyglądać.

W sobotnie poranki pan Calvino przemierzał dzielnicę, wędrując z miejsca na miejsce, zaopatrzony jedynie w żelazny pręt, który trzymał w prawej ręce.

Jednak bynajmniej nie chodziło o przeniesienie go z miejsca na miejsce. Calvino niósł żelazny pręt, który był idealnie równoległy do ziemi.

– Ja nie niosę tylko żelaznego pręta – mawiał Calvino – ja niosę żelazny pręt równoległy do ziemi.

Właśnie z tego powodu ściskał zawzięcie i pedantycznie pręt w samym środku i nigdy się nie rozluźniał. Gdyby ktoś go widział, jak wychodzi rankiem z domu, mógłby zauważyć napięcie mięśni jego prawego ramienia, napięcie, które miało na celu uniknięcie jakichkolwiek drżeń; jak również mógłby podziwiać sposób, w jaki Calvino bez najdrobniejszych uchybień niósł żelazny pręt, w każdej sekundzie równoległy do ziemi.

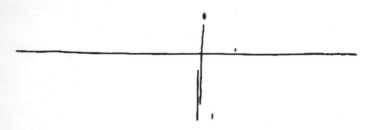

Natomiast powrót nie mógłby być bardziej wytworny. Poza tym, że teraz niósł pewnie pręt w drugiej ręce – lewej –

Calvino szedł odprężony, z rozluźnionym ramieniem, balansując prętem z jednej strony na drugą, jak ktoś, kto niesie torebkę, do której nie przywiązuje żadnej wagi.

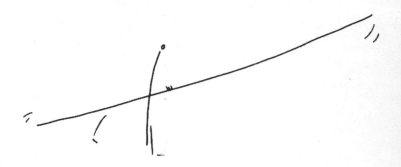

Calvino wyjaśnił to od razu podczas swoich pierwszych przechadzek, więc teraz już nikt się nie dziwił tą nagłą zmianą. Jeżeli wychodząc z domu, pan Calvino deklarował, że niesie pręt równoległy do ziemi, w drodze powrotnej niósł ten sam pręt, tylko w pozycji ukośnej, która wymagała od niego znacznie mniej fizycznego wysiłku.

Zważywszy na to, że najdrobniejszy błąd może przekształcić prostą równoległą lub pionową w ukośną, każdy nosiciel prostych równoległych do ziemi powinien być na wagę złota; w końcu, poza wszystkim innym, taki ktoś udowadniał, że jednostka potrafi precyzyjnie umieścić rękę w samym środku rzeczy.

To sprawiedliwe, to sprawiedliwe – myślał pan Calvino, jednocześnie nie przestając doskonalić każdego sobotniego poranka tej szczególnej sprawności technicznej i metafizycznej.

Gra

Ponieważ nie ustalono zasad, sprawa nie była jasna:

– Musimy ustalić zasady, aby wiedzieć, kto wygrał, ja czy pan… – powiedział do Calvina pan Duchamp, kiedy wszystkie figury zostały już zebrane, a gra zakończona.

– Teraz, kiedy już skończyliśmy grać?

– Muszą istnieć zasady… – upierał się pan Duchamp – żebyśmy wiedzieli, kto wygrał.

– Ale kto teraz ustali zasady? – zapytał Calvino.

– Pan albo… ja.

– W takim razie… ja czy pan?

– Pan zaczyna – zaproponował pan Duchamp – a ja kończę.

– Nie – odparł Calvino. – Pan zaczyna; każdy z nas formułuje na zmianę po jednej zasadzie, a ja… ustalam ostatnią.

– Zgoda. Dziesięć?

– Dziesięć zasad.

Zaczęli więc formułować na zmianę zasady gry, w którą już zagrali, przy czym każdy z nich starał się ustalić je w taki sposób, aby uczyniły z niego – *a posteriori* – zwycięzcę.

„Archeopteryks, uważany za ogniwo między dinozaurami i ptakami, wymarły sto czterdzieści siedem milionów lat temu, latał już dokładnie tak samo, jak dzisiejsze ptaki" – ujawnił artykuł w piśmie „Nature".

A zatem nic nowego – pomyślał pan Calvino, odkładając magazyn. Dzisiejsze wróble i żyjący do niedawna orzeł latają tak samo jak Archeopteryks z najbardziej zamierzchłej przeszłości. Posługują się, można by rzec, dokładnie tą samą techniką. W gruncie rzeczy sprowadza się to do tego, że wzlatują w powietrze (bądź utrzymują się stale na wysokości) i nie spadają. Niespadanie leży w ich naturze, co bynajmniej nie jest niczym nagannym. Moglibyśmy powiedzieć, że ptaki nie zapominają, na czym polega ich istota: mają dobrą pamięć. Od czasów Archeopteryksa nie zapomniały tej szczególnej, niedostrzegalnej techniki niespadania, jaką jest latanie.

Jeżeli jednak możemy podziwiać dobrą pamięć wróbla, który lata dokładnie tak samo, jak jego przodek Archeopteryks, to z drugiej strony moglibyśmy też krytykować ewolucyjny zastój; ewidentny skutek braku nowych pomysłów. Dlatego nazwanie stworzenia, które lata w ten sam sposób co Archeopteryks, konserwatystą, nie wydaje się rzeczą nadmiernie obraźliwą. „Wróbel konserwatysta!" – wykrzyknął do siebie samego Calvino. Żadnego nowego ruchu, żadnego nieprzewidzianego napędu wykształconego podczas ostatnich tysiącleci, nic: w kategoriach lokomocyjnych mamy tu do czynienia z przerażającą monotonią.

Od milionów lat jego pogarda dla siły ciążenia – godna pochwały – wyrażana jest w ten sam sposób, co jest rzeczą naganną.

Ale oto rodzi się pytanie, na pierwszy rzut oka absurdalne: czy dzisiejsze ptaki znają odgłosy nieznane Archeopteryksowi? Czy wyśpiewują inne melodie?

Właściwie nie jest to nieprawdopodobne – pomyślał pan Calvino – ponieważ dzisiejszy świat pełen jest nowych dźwięków, hałasów, należących tylko do poprzedniego lub obecnego stulecia: warkot samolotu w chwili startu bądź tylko warkot, wyobrażany sobie przez nas, gdy widzimy na niebie biały ślad samolotu, który przeleciał dawno temu; odgłosy maszyn drukarskich, tak inne wtedy, gdy drukuje się poezję, i wtedy, gdy drukuje się esej (jak maszyny znają się na literaturze!); do tego odgłos przewracanych stronic powieści z dwudziestego pierwszego wieku, odgłos piłeczki pingpongowej umykającej po podłogowej terakocie czterem zachłannym, lecz niezdarnym rękom; zduszony odgłos plastikowego kubka, który spada z trzymetrowej wysokości i chwacko wychodzi z tego cało, jakby nic się nie zdarzyło, lub też, dla bardziej uważnych słuchaczy, odgłos dwóch powiek dziecka, które bezskutecznie próbuje się nauczyć mrugania jednym okiem; ogólnie rzecz biorąc – tysiące odgłosów obecnego stulecia, które są z pewnością rejestrowane przez słuch domowego współczesnego ptaka, a potem przekazywane przez niego dzikiemu ptakowi, który słyszy je, przelatując pod oknem. Ich słuch, pospołu z mózgiem (nic wyrafinowanego, a jednak coś, co mimo wszystko istnieje, wymaga przestrzeni, funkcjonuje), ich słuch zatem, pospołu z mózgiem, przeżuwa odbierane dźwięki; nie powinno więc dziwić, że dźwięki potem emitowane są konsekwencją tego przeżuwania, jako że to, co się emituje, jest skutkiem tego, co się odbiera – nawet w przypadku ptaków.

Owszem – mógłby powiedzieć współczesny wróbel, gdyby miał możność porozmawiania osobiście z Archeopteryksem sprzed stu czterdziestu siemiu milionów lat – owszem, to prawda, że latam tak samo jak ty, jednak ja – powiedziałby wróbel – znam nowe piosenki.

Poranek

Czasami – Calvino olśniony metodami:
– Interesuje mnie jedna rzecz na wiele sposobów.

Kiedy indziej – olśniony rzeczami:
– Interesuje mnie wiele rzeczy w jeden sposób.

Co jakiś czas – zmieszany:
– Interesuje mnie jednocześnie wiele rzeczy na wiele sposobów.

Dzisiaj, budząc się, z rozleniwieniem:
– Nie interesuje mnie nic, jednak dzieje się to na wiele różnych sposobów.

Nie czytał, nie pisał, nie myślał, nie opowiadał żadnych historii, nie tworzył w głowie jakichkolwiek związków między rzeczami tego świata: siedział, obserwował swoje buty, drapał się w głowę, kładł się na kanapie – z początku wszystko zwinięte w kłębek, potem rozprostowywane, głowa z jednej strony, potem z drugiej, brzuchem do góry, potem w dół – wstawał, szedł do kuchni, wypijał szklankę wody, spoglądał przez okno, badał pogodę, otwierał okno, wystawiał rękę na zewnątrz, sprawdzał temperaturę, siłę wiatru, zamykał okno, poprawiał kluczyk w szufladzie, rozpinał sobie guzik w koszuli, wracał do pokoju, po czym znowu siadał na kanapie z postanowieniem, aby wypróbować stan całkiem oryginalnej ospałości.

Inna notatka

Otworzył gazetę. Zirytował się, ale bez przesady. Dla niego było to jasne już od dawna:
– To nie jest kraj, to jest interes.

Następnie przejrzał ostatnie strony i przeczytał następującą notatkę:

„Kobieta trafiona przez niewielki meteoryt.
Siedemdziesięcioszeciocioletnią obywatelkę trafił meteoryt (wielkości orzecha laskowego), kiedy przebywała w przydomowym ogródku. Brytyjscy naukowcy uważają, że meteoryt stanowił część asteroidy, położonej między Marsem i Jupiterem".

Ciekawe jest przypuszczenie, że wszechświat i niektóre z jego najbardziej odległych części mają zmysł psotliwości niczym sześcioletnie dziecko – pomyślał Calvino. Tak jak niektóre nieznośne szkraby leją wodę z drugiego piętra, aby trafić w łysą głowę jakiegoś pechowego przechodnia, podobnie wszechświat ma swoją procę – w starym stylu – i od czasu do czasu, dla własnej uciechy, wystrzeliwuje kamyczek w siedemdziesięciolatkę, która była na tyle nierozważna, że wyszła z domu, aby zajmować się trzema różami w swoim ogródku.
Nie chodzi tu o niegodziwość ani o strategię zastraszania; chodzi jedynie o ludyczny instynkt wszechświata znajdującego się w ruchu. Nawet odległa asteroida ma prawo uprawiać czasem sporty, stwierdziliby niektórzy (ci najbardziej wykształceni) ludzie.

List od Calvina (z wakacji)

Szanowna Anno, tutejsze pola, pełne dorodnych zbóż, wciąż lepiej kryją ruchy płciowe niż wynikające z nich jęki. Mamy zatem do czynienia z jawnym zerwaniem związku między dźwiękiem i jego pochodzeniem. I chociaż przyjemność wiąże się ze spotęgowaną ponad miarę dotykalnością, to wybijające się w powietrze, wzburzone dźwięki stają się tutaj głównym aktorem w atmosferze, wywołując – za pośrednictwem wiatru – silny rumieniec na twarzach wieśniaków, którzy usiłują zobaczyć coś przez okno, ale ostatecznie ograniczają się do słuchania.

Ze względu na urodzajne pola, które pełnią tutaj funkcję firanek, w owych chwilach, kiedy młode pary pobudzają się wzajemnie niczym nastrojone instrumenty, dla głuchego, moja droga Anno, okno staje się nagle całkiem bezużyteczne.

Jak pomóc emerytom

Wskutek nieuwagi pewna pani w podeszłym wieku – opowiadał pan Calvino – emerytka, już nie dość zręczna, aby się w porę cofnąć lub przyśpieszyć kroku, utkwiła w zamykających się automatycznie drzwiach, które z kolei funkcjonowały tak, jakby były w kwiecie wieku. Tak więc staruszka została unieruchomiona w nadzwyczaj uciążliwy sposób między wewnętrzną i zewnętrzną stroną budynku. Dokładnie pośrodku.

– A dlaczego się tam znalazła? – spytał Calvino swoich słuchaczy.

– To proste – ciągnął – otrzymała niespodziewane zaproszenie na herbatę od swojego sąsiada, z którym już od wielu lat nie miała żadnego kontaktu.

Z początku odczuła satysfakcję – wszyscy lubią, jak im się poświęca nieco uwagi – jednak teraz, z drzwiami wbitymi dokładnie między łopatki, nie była w stanie wyzbyć się poczucia dyskomfortu.

Dziwiła się potem, że dni mijają, a właściciel domu nie przychodzi sprawdzić, co się z nią dzieje.

I nikt nie wchodził ani nie wychodził z tego potężnego budynku, przez co drzwi pozostawały wciąż w tej samej pozycji, przyciskając jej ciało do stalowej framugi.

Pod koniec tygodnia zaczęła odczuwać ból głowy; dokładniej rzecz biorąc, ból w okolicy karku.

Drzwi w dalszym ciągu napierały na jej kości, i tak już nieco osłabione podeszłym wiekiem.

Tylko dlaczego ją zaprosił, skoro było rzeczą powszechnie wiadomą, że jej nieobecność wcale mu nie przeszkadza?

Łyżeczka

Pragnąc nauczyć swoje muskuły cierpliwości, pan Calvino kładł maleńką łyżeczkę do kawy obok olbrzymiej łopaty, jakiej używa się zazwyczaj podczas prac budowlanych. Następnie wyznaczał sobie cel, który musiał być bezwzględnie osiągnięty – celem tym było przeniesienie góry ziemi (pięćdziesiąt kilo świata) z punktu A do punktu B. Jeden punkt dzieliło od drugiego piętnaście metrów.

Wielka łopata zostawała zawsze na ziemi, nieruchoma, lecz widzialna. A tymczasem Calvino wykonywał zadanie, polegające na przeniesieniu góry ziemi z jednego miejsca na drugie, za pomocą drobniuteńkiej łyżeczki do kawy, ściskając ją z siłą wszystkich muskułów, jakimi dysponował. Każda, najskromniejsza nawet drobina ziemi, przenoszona na malutkiej łyżeczce, była jakby pieszczona przez uważną troskliwość pana Calvina.

Wykonując cierpliwie swoje zadanie, nie rezygnując ani nie uciekając się do pomocy łopaty, Calvino czuł, że dzięki tej malutkiej łyżeczce uczy się mnóstwa wielkich rzeczy.

Słońce

Calvino trzymał w rękach książkę, której okładka kompletnie już wypłowiała od słońca. To, co dawniej było barwą ciemnozieloną, stało się obecnie zielenią bledziutką, niemal przezroczystą. Spojrzał na inne książki stojące na półce. Wszystkie straciły swój oryginalny kolor, tak jakby słoneczne światło przeżuwało lub gryzło – tak, to przypominało dzieło jakiegoś subtelnego gryzonia – okładki książek.

Na przykład jedna z książek, która niecały miesiąc temu została umieszczona w tym zakątku domu, gdzie słońce w określonych godzinach dnia przypiekało bezpośrednio, przedstawiała wygląd niezwykły: zaledwie jeden pasek górnej części okładki stracił barwę; jej pozostała, dolna część zachowała swoją oryginalną jaskrawość. Nie wiadomo, wskutek jakich skojarzeń Calvinowi przypomniały się różnice w opaleniźnie, zaobserwowane latem między różnymi rejonami ciała wystawiającego się na słońce w kostiumie kąpielowym.

Ponownie spojrzał na półkę, na pozbawione koloru okładki i nagle jakby wszystko zrozumiał: pierwotne źródło zjawiska, prawdziwe przyczyny tego procesu, który ktoś mógłby powierzchownie sklasyfikować jako zwykły proces chemiczny. To jednak nie było takie proste. Calvino nie miał do czynienia ze zwykłą przemianą substancji; była w tym pewna wola, silna wola, która, jak się zdawało, wyposażona została w zbyt słabe muskuły. I ta niewydolna wola pochodziła od słońca: słońce chciało otwierać książki, jego światło skupiało się z całą swoją mocą na okładce książki, ponieważ chciało ją otworzyć, chciało dobrać się do pierwszej strony, zapoznać się z narracją, znaleźć inspirację we wspaniałych zdaniach, wzruszyć się wierszami. Słońce chciało po prostu czytać, paliło się do tego jak dziecko, które idzie po raz pierwszy do szkoły.

Calvino zastanowił się. Rzeczywiście nie przypominał sobie, aby choć raz widział książkę, która ukazywałaby słońcu jedną ze swoich stron. Było rzeczą całkiem powszechną, że ktoś, przebywając na świeżym powietrzu, kładzie książkę na stole lub na ławce w ogrodzie (czy wręcz na ziemi), jednak, jak to teraz pojął Calvino, w tych przypadkach dwie twarde okładki zawsze kryły zawartość książki, uniemożliwiając dostęp do jej pierwszych słów.

Nadeszła zatem pora, aby ktoś zaczął działać. Nadeszła pora, aby ktoś spłacił dług wdzięczności za ten czuły dotyk, który słoneczne światło składa w pewne dni na ludzkiej twarzy – spokojnie, ale zarazem ratując go jakby przed wielką tragedią, przed rozpaczą, czasami nawet przed samobójstwem.

Calvino ponownie spojrzał na półkę z książkami, lustrowaną przez słońce. Szybko omiótł spojrzeniem grzbiety książek. Wybierał dla kogoś lekturę. Z wytężoną uwagą wybierał najbardziej odpowiedni tytuł; wyraźnie nie kierował się przy tym własnym gustem, tylko gustem cudzym. I w końcu wyciągnął książkę. Oto „doskonała pierwsza książka dla czytelnika!" – wykrzyknął do siebie Calvino.

Otworzył ją potem na pierwszej stronie tekstu, przerzuciwszy strony tytułowe (kto by je chciał czytać?), i położył tak, aby była zwrócona w stronę, gdzie zwykle zachodziło słońce:

(„Alicja siedziała na brzegu obok siostry i była już bardzo znużona tym, że zupełnie nie ma co robić…")*.

---

* Lewis Carroll, *Przygody Alicji w krainie czarów*, przełożył Maciej Słomczyński, Warszawa 1972.

Nazajutrz znów tutaj przyjdzie, aby przewrócić stronę. I będzie to robił przez wszystkie kolejne dni, tak długo, aż książka się skończy. A jeśli słoneczne światło nawet po jej skończeniu wciąż będzie walczyć o dostęp do książek, Calvino uszanuje tę natarczywość, przypisując ją rozgorączkowaniu czytelnika, który, skoro już raz zaczął, nie chce, nie potrafi przestać: chce czytać dalej.

Jeżeli to nastąpi, Calvino wybierze kolejną książkę – umieszczając coś nowego pod słońcem – a potem kolejną i kolejną, i będzie powracał niezawodnie każdego poranka, tuż przed wschodem słońca, aby przewrócić stronę.

Pies i miasto

Opowiedzieć to można w sposób prosty i zwięzły: pies sąsiada, dokładniej rzecz biorąc, pies pana D., oślepł. Choroba i podeszły wiek.

Pies zawsze tutaj żył i chodził po okolicy, kierując się dźwiękami, zapachami, powietrzem.

Pan Calvino zaoferował swoją pomoc. Pod wieczór przychodził po ślepego psa, brał go za obrożę i oprowadzał po mieście.

Spacer pana Calvina

Czasami ekscytował się pomysłami, nie światem. Posiadanie własnego życia nie polegało – dla pana Calvina – jedynie na przechodzeniu dręczących doświadczeń, jakie wiążą się z grą międzyludzkich zbliżeń i rozłąk; dla niego ktoś, kto nie posiadał własnych myśli, nie posiadał własnego życia. Calvino odczuwał myśl przechodzącą mu przez głowę tak samo, jak odczuwał chłód w gardle; oczywiście takie wrażenie nie było namacalne jak jakiś fragment umeblowania, było to wrażenie efemeryczne, niemniej jednak ekscytujące.

W określone dni jego umysł emocjonował go w wystarczającym stopniu, dzięki czemu mógł uniknąć innych, okolicznościowych emocji. To pierwsze można było przynajmniej kontrolować.

Zresztą dobrze pamiętał o nieszczęściu, jakie przytrafiło się jednemu z jego znajomych: doznawszy paraliżu twarzy, nieustannie się śmiał, bez względu na to, co się działo.

Według pewnego historyka – przypomniał sobie nagle pan Calvino – podczas dwudziestu dziewięciu lat sprawowania władzy pewien król – imieniem Mahmud – siedemnaście razy najechał Indie.

Ślubował najeżdżać Indie każdego roku, jednak nie zawsze rzeczywistość pozostaje w zgodzie z zamiarami ludzkiego serca.

Dokonanie wszystkiego podczas jednego życia – myślał Calvino – wydawało się dziełem olbrzymim, poza tym było niepoliczalne, a tym samym niemożliwe do zweryfikowania. Na wypadek, gdyby miało mu się nie udać, starał się przynajmniej dokonać połowy całości, co było korzystne również dlatego, że wyrażało się dokładną liczbą. Nie miał więc dokonać wszystkiego, jak planowali niektórzy nazbyt młodzi pisarze, tylko połowy wszystkiego; zadecydował o tym w jednej chwili.

A zatem zbudził się bez ustalonych z góry zadań i miał cały dzień do swojej dyspozycji: jak na tacy. Na początek zajął się opisaniem w niedoskonały sposób dokładności. Według niego niezbędna była pewna początkowa nieregularność, fałszywy krok, niezdolność zrozumienia pewnego fragmentu, pewne oczekiwanie spowodowane niespodziewanym faktem.

Rozejrzał się dookoła. Nic. Wszystko zgodnie z przewidywaniami.

Przypomniał mu się wówczas absurdalny dialog:

– Jestem smutny, ponieważ mam smutną twarz.

– To jedyny powód?

– Tak.

Ale cóż, istota ludzka nie jest aż tak prosta. Bycie smutnym nie wiąże się jedynie z oficjalną fizjonomią – myślał Calvino – tu chodzi o coś więcej.

Na przykład poprzedniego popołudnia Calvino wdrapał się na stołek.

– Gdzie pan jest? – spytał pan Bettini, ślepiec, który przyszedł z wizytą.

– Na stołku – odparł pan Calvino.

Wówczas pan Bettini spytał w swój szorstki sposób, tak jak się pyta o godzinę:

– Czy z miejsca, w którym się pan teraz znajduje, potrafi pan odróżnić wyraźnie Bogów od pasących się owiec?

– Proszę? – spytał osłupiały Calvino.

Dlaczego sobie teraz o tym przypomniał? Nie wiedział.

Pamięć nie była zwykłym magazynem staroci, do którego posiadał klucz. Dlatego bez jakichkolwiek wyjaśnień ruszył dalej.

W istocie czuł, że w pewne dni był postacią dość osobliwą.

Postrzegał siebie jako pielgrzyma, ale nie miał celu ani mapy.

Chciał iść prosto, bez zbaczania z drogi, w miejsce, gdzie czułby się zagubiony.

Z samego rana Calvino powiedział o jedynej maszynie, jaką miał w domu, tak jakby mówił o świecie:

– I tak już źle działała, a teraz się jeszcze popsuła!

Jednak za to było już prawie południe. Czas mijał.

Calvino, dodajmy jeszcze, nie lubił się zatrzymywać (oglądać sklepowe witryny?!) – lubił iść do przodu.

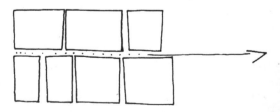

Nie lubił przyspieszać ani zwalniać kroku.

Kiedy był spóźniony, również go nie przyspieszał – przychodził na miejsce spóźniony.

I nienawidził czekania. Dlatego kiedy czuł, że może przyjść za wcześnie na umówione spotkanie, nie zmieniał swojej trasy, tylko jej trajektorię. Nie zatrzymywał się. Szedł tą samą ulicą, tylko w inny sposób.

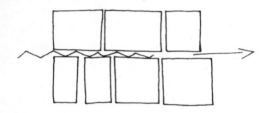

Kiedy było bardzo wcześnie, robił tak:

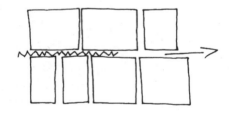

A kiedy było naprawdę bardzo, ale to bardzo wcześnie, robił tak:

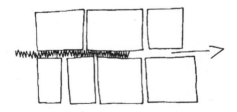

Teraz szedł już ulicą radosnym krokiem, jakby muskuły nóg (pozbawione oblicza) miały milimetrową podziałkę dobrego i złego samopoczucia. Rzeczywiście jego nogi czuły się dobrze, nie da się tego powiedzieć inaczej.

Minęła go zakochana para, która między podgryzaniem sobie warg i szeptaniem do siebie słów z odległości mniejszej niż jeden centymetr bawiła się w tej drobniutkiej przestrzeni, która ich dzieliła i w której ktoś niewątpliwie wybudował park rozrywki, niewidzialny dla cudzych oczu.

Calvino zwrócił przede wszystkim uwagę na nieskazitelnie głupią twarz mężczyzny. Brakuje mu myśli – uznał – ale jak na razie nie odczuwa ich braku: jest zakochany.

Następnie Calvina zainteresowało bicie własnego serca, jakby miał do czynienia z jakąś regularną, monotonną melodią. Z ręką na piersi i wytężonym słuchem chłonął tę nużącą muzykę ze świadomością, że w końcu to ona pozwala mu trwać. Powtarzalność ratowała organizm od środka, jednak na zewnątrz niezbędna była pewna nadzieja, związana z niespodziankami, inwazjami, upadkami, nagłymi napadami oraz innymi nieprzyjemnościami.

Calvino w pewnym sensie nie pamiętał o nowości jutra – i to go ożywiało. Zapomniał, co miało nastąpić nazajutrz, i to zapomnienie, nazywane pospolicie niezdolnością przewidywania przyszłości, było swego rodzaju odniesieniem egzystencjalnym.

Oczywiście nie popełniał błędów, takich jak:

zakupienie biletu (bardzo drogiego) w miejsce, gdzie nie można się zmieścić…

Jednak nagle mu przerwano. Kiedy człowiek myśli – wywnioskował Calvino – to przerywa mu się, tak jakby nic nie robił, mówi się do niego jak do jakiegoś obiboka:

– Proszę pana… gdzie jest ulica Le Grand?

Calvino odpowiedział bez namysłu:

– Pierwsza w prawo, potem druga w lewo. Następnie proszę wspiąć się tą ulicą aż na samą górę i to będzie tam. Kawał drogi – szepnął solidarnie do zagubionego człowieka.

Człowiek podziękował i oddalił się.

Calvino nigdy nie wiedział, gdzie jest ulica Le Grand.

Nie dysponował odpowiednim językiem, żeby spędzić choć jeden dzień bez zmyślania (niektórzy nazywali to kłamaniem). Wzruszył ramionami. Nie chodziło o zemstę, w końcu Calvino nie był osobnikiem podatnym na tego rodzaju emocje, chodziło po prostu o reakcję na drobny nietakt, na tę ludzką manię przerywania co chwila – prośbami o wyjaśnienia – komuś, kto myśli.

– Dokładnie tak, tyle że na odwrót.

W ten właśnie sposób Calvino najchętniej udzielał ludziom wyjaśnień.

Jednak nie miał czasu, aby udzielić takiego wyjaśnienia temu sympatycznemu panu. Jest tak, jak panu mówię, tyle że na odwrót. Nie czuł się w żaden sposób winny: doprowadzanie do tego, aby ludzie gubili się w dzielnicy, było aktem szlachetnej sympatii. Tak jak ktoś, kto czerpie przyjemność z pokazywania filmu lub książki, która mu się podobała, tak

Calvino zdawał sobie sprawę, że gdyby ludzie udawali się prosto, bez jakiegokolwiek zbaczania z drogi, do swojego miejsca docelowego, to nigdy nie mieliby możliwości zobaczenia i poznania zakątków, które odkrywają wyłącznie osoby kompletnie zagubione.

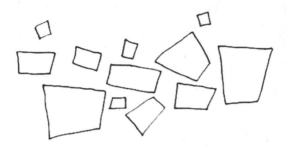

Ponadto od dawna wiedział, że świat jest nietolerancyjny.

Możliwe było spędzenie całego dnia na mówieniu kłamstw, ale spędzenie go na mówieniu prawdy było niemożliwe. Wszystkie relacje osobowe, społeczne i międzynarodowe uległy rozbiciu.

Calvino wiedział również, że jedno zdanie nie stanowi przestrzeni wystarczającej, aby pomieścić prawdę; to nie jest coś, co można by napisać bądź przeliterować, tylko coś, co się wydarza. Jak trzęsienie ziemi lub spotkanie za rogiem starego znajomego. Prawda jest niepiśmienna, Calvino o tym wiedział.

A za rogiem ukazał się właśnie – całkiem dosłownie – stary znajomy: miejskie muzeum.

Skoro stał przed muzeum, to dlaczego nie miałby wejść do środka?

Było to jednak dziwne muzeum.

Każdy, kto znajduje się w pomieszczeniu, gdzie eksponowane są instrumenty muzyczne, odnosi nieprzyjemne wrażenie, że jest głuchy. Calvino powoli uderzył się trzy razy w prawe ucho, potem w lewe. Nie, to było do oglądania.

Wystawa instrumentów muzycznych, a w drugiej sali – obrazów (w gablotach) przeznaczonych dla ślepców.

Tak jakby narządy zmysłów pospadały na ziemię, a dyrektor muzeum, zbierając je, pomieszał ich funkcje i lokalizacje.

W innej sali prezentowano fotografie wielkich artystów z minionych stuleci.

Prosty rachunek – pomyślał Calvino – stawia nas wobec nierozwiązywalnej zagadki: liczba osób uznanych, już po śmierci, za „wielkich artystów" jest znacznie wyższa od liczby osób, które były uznane za takowych w latach wcześniejszych, jeszcze za swojego życia.

Jedyny trzeźwy wniosek jest taki, że śmierć dobrze służy sztuce. Gdyby wszyscy artyści byli nieśmiertelni, prawdopodobnie nie mielibyśmy do tej pory ani jednego „wielkiego artysty".

Można by powiedzieć, że na szczęście nie są nieśmiertelni – pomyślał Calvino.

Włos na obrazie! – jakże go to fascynowało! Tak jak kucharz uporczywie stara się zostawić swój kapilarny znak w dziele swej sztuki, podobnie robi to malarz. Był to inny rodzaj podpisu.

To doniosłe zdarzenie – malarz zostawia swój włos jakby przygnieciony warstwą gęstych farb, włos z osiemnastego wieku – miało spowodować wewnętrzną dygresję w toku myślenia Calvina, która kazała mu skupić uwagę na dziecinnej opowiastce. Opowiastka była następująca.

Księżniczka czesała króla, swego ojca, gdy nagle znalazła we włosach pchłę.

Król powiedział jej:

– Nie zabijaj jej, bo ona urośnie i może się kiedyś przydać.

Tak więc pchła rosła i rosła, aż w końcu przeistoczyła się w księcia.

Księżniczka zakochuje się, poślubia go, a kiedy po latach zaczynają się starzeć, zauważa, że jej mąż wygląda teraz tak samo, jak jej ojciec.

Dawny książę, który obecnie był królem, miał już wtedy córkę, która akurat czesała mu włosy.

Księżniczka z tego drugiego pokolenia również znalazła pchłę i spytała króla, swego ojca:

– Mam ją zabić czy pozwolić, aby rosła?

Król już miał odpowiedzieć, gdy nagle ubiegła go królowa, krzycząc do córki:

– Natychmiast ją zabij!

Zaiste, piękna odpowiedź – myślał Calvino – natychmiast ją zabij! Ale gdyby jedynymi problemami na świecie były problemy małżeńskie, wszystko byłoby prostsze. W istocie zasadniczy problem polegał na czym innym.

Przede wszystkim chodziło o oszacowanie tego, co nie podlega kontroli. Oto wielki problem. Oszacować to, czego nie można opisać.

– Nie umiem nazywać tego, co widzę, ale mogę zrobić rachunek.

Tak czasem myślał Calvino.

Lub, aby to ująć jeszcze lepiej:

– Nie umiem nazywać rzeczy, które widzę, ale mogę je policzyć.

Zamiast zrozumienia lub wyjaśnienia – księgowanie.

Na przykład gdyby w tym momencie Calvino był otoczony różnymi bezkształtnymi rzeczami, których funkcji i racji bytu by nie znał, zawsze mógłby się uspokoić, przeliczając je:

– Jedna, druga, trzecia, czwarta, piąta, szósta, siódma, ósma: osiem rzeczy, których nie znam!

I ta cyfra, tak bardzo znajoma: 8, uspokajała go. Jeden, dwa, trzy… osiem potworów. W takiej sytuacji przynajmniej mamy pod kontrolą rachunkowość – myślał Calvino.

Lecz nagle świat, choć niewzywany, ponownie przed nim wyrósł. Calvino omal nie wpadł.

Żelazna klapa, leżąca na niewłaściwym miejscu chodnika, o mało nie spowodowała jego upadku. Calvino przystanął i zajrzał do środka: rozmaite rury kanalizacyjne, trajektorie okrężne i inne, tak jakby ktoś skonstruował ścieżkę zdrowia, aby woda miała jakąś rozrywkę, zanim ograniczy się do swej użytkowej funkcji w domowych kranach.

Przypomniał sobie zaraz relację, jaka łączyła pewnego człowieka z dziurami.

Człowiek ten spoglądał najpierw w górę, a potem w dwie strony, upewniając się, czy nie ma żadnego zagrożenia.

Następnie, całkowicie bezpieczny, spadał w dół.

Cóż, to nie była jednak pora, aby spaść.

Calvino zrobił wówczas coś, co możemy określić jako:

Siedem przedsięwzięć mających na celu dokonanie jednej jedynej rzeczy.

Jednak klapa nie pasowała do przypisanego jej otworu. Wręczył więc z najwyższą uprzejmością tę ciężką żelazną klapę policjantowi, nie omieszkawszy uciąć z nim sobie krótkiej pogawędki:

– To pana.

– Nie, to pana.

– Moje? Nie. To pana.

Po dyskusji z policjantem pozostał mu jednak ból w kciuku, słaby, lecz uporczywy. Tego błędu – błędu polegającego na prowadzeniu intelektualnej rozmowy z żelazną klapą w rękach – nigdy już nie powtórzy.

Rzeczywiście jego kciuk został jakby trafiony intelektualnie. Poruszał nim teraz do przodu i do tyłu, w prawo i w lewo, aby sprawdzić, czy nie nastąpiło jakieś uszkodzenie lub przerwa w przepływie energii.

To właśnie zdolność manipulowania kciukiem umożliwiła gatunkowi ludzkiemu podbój świata – pan Calvino o tym wiedział – jednak ten przeciwstawny, złośliwy kciuk służył też do drobiazgowych zabiegów miłosnych. I ten zamęt, to przemieszanie dobra ze złem, bólu z przyjemnością, bynajmniej nie były na świecie czymś wyjątkowym.

– Jak się pani miewa, droga pani?

Pan Calvino jak zawsze uprzejmy. Jednak to spotkanie nie przestawało mu przypominać pewnej historii, dość nieprzyjemnej. Historii o wyjątkowo brzydkiej kobiecie, którą zawrócono z drogi (na granicy), oskarżając ją o to – a przestępstwo było widoczne gołym okiem – że chce handlować lękami.

A ponieważ w kraju ojczystym też jej nie chciano, kobieta pozostała na zawsze na ziemi niczyjej, między dwoma państwami, na terenie neutralnym, który łatwiej znosi pustkę, nudę, brzydotę i inne okropieństwa naszej cywilizacji.

– Droga pani, czy u pani wszystko w porządku?

Calvino nosił w sobie niepospolitą uprzejmość. Podczas spotkań towarzyskich, nawet w cudzych domach, przede wszystkim pośpiesznie siadał na różnych krzesłach, wybierając metodycznie jedno po drugim, chociaż wszyscy pozostali goście wciąż stali, przez co robił wrażenie źle wychowanego; jednak w istocie rzeczy Calvino krzesła te po prostu wypróbowywał, aby potem ze znajomością rzeczy zaoferować najznamienitszej z obecnych osób krzesło najwygodniejsze i najbardziej jej godne. Nie był kiperem win, był kiperem krzeseł.

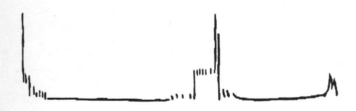

Wówczas Calvino roztropnie pożegnał się z ową panią, a będąc już kilka ładnych metrów dalej, wyciągnął z kieszeni karteczkę i zanotował, co następuje:

Prowincjusz
– w przestrzeni
– w czasie

Prowincjusz w przestrzeni – pomyślał – to ten, kto ulega wpływom i stara się wpłynąć na otaczające go czterdzieści metrów kwadratowych. Prowincjusz w czasie to ten, kto ulega wpływowi poprzedniego wieczoru i usiłuje wpłynąć najwyżej na dwa kolejne dni.

Przywiodło mu to na myśl ową postać, opisaną przez pisarza T., postać, która była tak zezowata, że w środy spoglądała jednocześnie na dwie niedziele. I Calvino pomyślał: to właśnie jest trzeźwe spojrzenie.

A zatem, już pod wieczór, zapuściwszy się w wąską uliczkę, Calvino spojrzał na jej obie strony. Były to zdecydowanie dwie proste równoległe, a on, wskutek czystego przypadku – i szczęścia – znajdował się w samym środku.

Szedł dalej.

Dwie proste równoległe, a on w samym środku. Co za szczęście. Dwie proste równoległe!

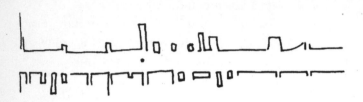

Jednak stopniowo coś się zaczęło zmieniać…

zmieniać…

Wówczas pan Calvino zatrzymał się (także dlatego, że już nie mógł iść dalej).

Znalazł to, czego szukało tak wielu: nieskończoność. Zapisał w notesie adres.

Znajdował się na końcu ulicy Sevignon.

SPIS UTWORÓW